Alexander Castell

Fieber

Drei

Novellen

Original von 1916 by Albert Langen, Munich
Druck von Hesse & Becker, Leipzig

Bibliografische Information der Deutschen National-bibliothek. Die Deutsche Nationalbibliothek verzeichnet diese Publikation in der Deutschen Nationalbibliografie; detaillierte bibliografische Daten sind im Internet über http://dnb.d-nb.de abrufbar.

Fieber - Drei Novellen (Finale, Das Phantom, Fieber)
von Alexander Castell

Neufassung und Digitalisierung von Peter M. Frey nach dem Original von 1916, unter Beachtung der neuen deutschen Rechtschreibung. Es handelt sich um ein gemeinfreies Werk.

Willy Lang lebte von 1883 bis 1939 und publizierte unter dem Pseudonym Alexander Castell.

Copyright © 2017 Peter M. Frey
Herstellung und Verlag
BoD - Books on Demand, Norderstedt
ISBN 9783743190429

Inhalt

Finale 5
Das Phantom 55
Fieber 119

Finale

Hugo Manuel stand am Fenster des Arbeitszimmers und sah auf den Quai. Es war ein warmer Vorsommerabend. In den Anlagen promenierten junge Herren und Damen, Zofen mit Kinderwagen und Fremde, die sich auf der Reise ein paar Tage in der Stadt aufhielten. Durch die Kronen der Bäume sah Hugo den See, der in einem von der Schwüle etwas gedämpften Licht vor ihm lag. Auf dem Wasser bewegten sich kleine Boote, aber so langsam, dass sie gleich minutiösen glänzenden Schalen auf der leuchtenden Fläche zu liegen schienen.

Es klopfte jemand an die Tür. Hugo fuhr auf und schritt dem Besucher nach der Mitte des Zimmers entgegen. Aber es war nur Centa, die den Tee brachte.

Vor besonders wichtigen Besprechungen hatte es Hugo nötig, allein zu sein. Er empfand auch jetzt einen leisen spielerischen Heroismus darin, seine junge schöne Frau in der Stunde, die sie sonst jeden Tag zusammen verbrachten, allein auf der Gartenveranda zu lassen. Aber er hatte sich noch kaum so nach ihr gesehnt wie heute. Jeder Augenblick, den er noch mit ihr zu erleben hatte, erschien ihm kostbar.

»Hat die gnädige Frau den Tee schon getrunken?«, fragte er Centa.

»Die gnädige Frau ist eben daran ...«, Centa verschwand. Hugo ging jetzt in großen Schritten im Zimmer auf und ab. Er war schlank, jung, zweiunddreißig Jahre alt. Er fühlte einen direkt waghalsigen Mut in sich. Ob er es aber vollbringen könnte? Ob er zuletzt nicht doch versagte? Er empfand deutlich die lähmende, atemlose Beklommenheit auf seiner Brust.

Er ging wieder ans Fenster. Auf dem See fuhr ein breiter, mit bunten Wimpeln geschmückter Dampfer vom Landungssteg ab. Das Verdeck war ganz dunkel vom Gewimmel der Menschen. ›Seltsam‹, überlegte er sich, ›dass diese Masse so dunkel wirkt, trotzdem die Frauen gewiss helle, farbige Sommerkleider tragen.‹ Er wusste es eigentlich gar nicht, wie er im schwersten Augenblick seiner Existenz zu einem derart äußerlichen Gedanken kam. Vielleicht suchte sein Gehirn einen Ausweg vor all dem Bedrängenden und Drohenden.

Hugo starrte jetzt aufmerksam auf den Quai. Dass Friedrich so lange nicht erschien! Hugo erwartete Friedrich, seinen Freund, den Advokaten. Sollte er nochmal nach ihm telefonieren? Wenn er zuletzt doch noch verhindert gewesen war? Und es kam doch auf diesen Tag an. Auf diesen Abend. War es möglich, in solchen Dingen früher zu entscheiden als im letzten Augenblick?

Hugo wollte die Frage im Unklaren lassen. Die Situation war jedenfalls doch nicht zu ändern.

Man klopfte wieder an der Tür. Der Diener trat ein und trug eine gelbledderne Mappe unter dem Arm.

»Da sind die Akten, die sich der gnädige Herr aus der Fabrik gewünscht hat.«

»Ich danke«, sagte Hugo. Der Diener ging ab.

Hugo schritt wieder in einem merkwürdigen

Marschrhythmus auf dem großen Teppich hin und her. Die Nervosität zitterte ihm in allen Gliedern. Er dachte nur das eine: Wenn Friedrich nun doch verhindert worden war? Und ihn brauchte er! Ihn vor allem! Es gab da keine andere Hoffnung mehr. Seine ganze Existenz kam ihm seit Wochen ganz traumhaft vor. Er hatte nie geahnt, dass er je in eine solche Notlage kommen könnte. Er war überhaupt seit langer Zeit ahnungslos gewesen. Dies war unbestreitbar. Aber war es denn wirklich so ganz am äußersten?

Er ging an den Schreibtisch. Da lag eine Liste von Namen und Zahlen. Manche waren rot unterstrichen. Hugo schaute gedankenvoll darüber hin. Es schien ihm jetzt, als seien ihm diese Dinge in der tiefsten Seele fremd geblieben, als hätte er trotz der paar Jahre, während deren er sich damit beschäftigt hatte, nie dieses natürliche Verständnis dafür gehabt, das seinen Untergebenen eingeboren war. Jedes spontane Entscheidenkönnen war ihm versagt geblieben. In allen wichtigen Momenten hatte er sich innerlich zaghaft gefühlt. Darin lag vielleicht der Grund der ganzen Verwirrung, vielleicht lag es auch an anderem.

Doch nun hörte er Tritte im Korridor. Friedrich trat ein. Er war zwei Jahre älter als Hugo und sein Rechtsbeistand.

»Du entschuldigst ... ich war noch bei einer Konferenz«, sagte Friedrich und legte Stock und Handschuhe ab. Sein Blick irrte nach dem Tee und den Sandwichs, die auf dem kleinen Ecktischchen standen, und die Hugo noch unberührt gelassen hatte.

»Kann ich davon etwas abbekommen, ich habe nämlich Hunger ... sagte er.

»Aber gewiss«, sagte Hugo. Er dachte: »Der Mensch wird Augen machen. Er hat, scheint es, keine Ahnung.«

Hugo setzte sich ihm gegenüber in einen Lederfauteuil. Er schaute dem anderen zu, während jener wirklich mit Appetit kaute. Hugo wollte noch warten, wollte ihn nicht in seinem Essen stören. Er zündete sich eine Zigarre an.

»Also was ist los?«, fragte Friedrich und schob sich wieder einen Bissen in den Mund.

»Ich habe einen Auftrag für dich«, sagte Hugo und sah einer Rauchsträhne nach, die in viele Fasern sich auslösend gegen die Decke stieg.

»Freut mich«, sagte der Advokat. Er lehnte sich zurück:

»Um was handelt es sich?«

»Hör mal«, begann Hugo und schwieg dann plötzlich. Er empfand ganz deutlich, wie ihm das Blut heftig in den Schläfen pulsierte. Er kontrollierte diesen Eindruck und sagte zugleich: »Du wirst mein ganzes Geschäft, die Fabrik, alles liquidieren.«

»Oho!«, sagte Friedrich, »steht es so schlecht?« Seine Stimme hatte einen gutmütigen, aber keinen überraschten Ton.

»Ja, es steht sehr schlecht«, sagte Hugo, »hast du übrigens davon reden hören?«

»Nein, kein Wort ... man hält dich immer noch für sehr reich und schließlich ...«

»Ich bin es nicht mehr ...«, unterbrach ihn der

andere, »man hat keine Ahnung, wie schnell ein Vermögen in einem solchen Unternehmen verloren ist.«

»Allerdings«, gab der Advokat zu, »du meinst also, ich soll dir einen Käufer suchen, soll Unterhandlungen anknüpfen, natürlich nur in diskreter Form.«

»Wie denkst du dir das?«

»Nun, man gibt vor, die Geschäfte interessieren dich nicht mehr. Du willst dich wieder wie früher dem Sport widmen, willst reisen, vielleicht, dass irgendeine ausländische Firma mit einer hiesigen Filiale schon gerechnet hat ...«

»Ich halte das nicht für gut möglich«, wandte Hugo ein. »Die Hauptstütze der Aviatik in jedem Land wird immer der Staat sein. Vorläufig sicherlich, und darum wird sich die ausländische Konkurrenz nicht hereinwagen, ganz abgesehen davon, dass es an sich ein schlechtes Geschäft ist, glaube mir: ein sehr schlechtes Geschäft ...«

»Aber wie denkst du dir denn die Liquidation?«

Hugo hob den Kopf und sagte melancholisch: »Man wird alles verkaufen ... an den Meistbietenden. Man wird den dritten Teil des Wertes dafür bekommen, was aber nach meiner Kalkulation genügt.«

»Unsinn ...«, der Advokat richtete sich auf; »in solchem Falle macht man eine Aktiengesellschaft. Es muss mehr Kapital hinein. Dann werden die Chancen vielleicht größer. Du kannst doch nicht auf eine solche Art dein Geld verlieren!«

»Es ist schon verloren ...«, antwortete Hugo gelassen,

»und ich habe vor allem gar keine Zeit mehr. Es sind Fälligkeiten da ... Wechsel ... für die nächsten Tage ... über Summen ... über so viel Geld, als ich nie aufzubringen vermöchte.«

»Du wirst also in jedem Fall in Konkurs gehen?«

»Nein ...«, Hugo war aufgestanden, »es wird zwar zuerst den Anschein haben, aber mit der Liquidation wird nachher ein großer Teil, vielleicht sogar alles gedeckt werden ...«

»Mir ist nur eines unklar ...«

»Was?«

»Du rechnest also damit, dass das Konkursverfahren gegen dich eingeleitet wird? Wann ist der erste Wechsel fällig?«

»Morgen ...«

»Wie hoch ist er?«

Hugo nannte eine Zahl.

Der Advokat sagte ruhig: »Ich beschaffe dir das Geld.«

Hugo lächelte: »Ich danke dir, aber das würde wenig nützen, das Geld wäre verschwendet, denn es kommen nachher noch so viele andere nach ... Er deutete nach der Liste, die auf dem Tische lag.

»Wechsel?«

»Ja.«

»Ja ... hast du das denn nicht früher gewusst?« Der Advokat hielt nach dem letzten Wort den Mund noch offen.

»Doch, aber ich muss wahnsinnig gewesen sein, ich ließ es ruhig an mich herankommen ...«

»Das ist ja entsetzlich ... und es ist gar nicht zu helfen?«

»Doch!« Hugo hatte sich auf die Lehne des Stuhles gesetzt, »es ist zu helfen«, wiederholte er.

»Aber wie denn?« Die Stimme des Freundes klang erregt, fast gereizt. Es war, als ob er sich über Hugos Ruhe und Ratlosigkeit ärgerte.

»Ich kann doch Vertrauen zu dir haben?«, fragte Hugo, aber in einem Ton, als ob er keinen Zweifel hege.

»Was willst du denn?«

Da sagte Hugo: »Ich werde noch in dieser Nacht sterben.« Sein Auge blickte groß und zugleich etwas müde durch das Fenster hinaus in die blaue Luft, die über dem See lag.

Der Advokat hatte nur ein wenig den Kopf gewendet. Er sagte kurz und knapp: »Das ist eine Gemeinheit.«

»Warum?«, fragte Hugo ruhig und erstaunt, »ich hoffe, es so zu arrangieren, dass nur wenige an einen Selbstmord denken.«

»Ich wollte nur sagen, es sei eine Feigheit.« Die Stimme des Freundes klang gehässig, erbittert. »Wenn jeder, der in einer Kalamität ist, sich auf die Seite bringen wollte ... aber du hast nie Energie gehabt ... in deinem ganzen Leben nie!«

»Vielleicht habe ich sie dieses eine Mal!«, sagte Hugo gedämpft.

»Nennst du das Energie?«

»Ich glaube doch, dass es sehr viel dazu braucht ...«

»Das mag individuell sein, jedenfalls kann ich darin keine besondere Größe sehen, wenn sich einer aus dem Staub macht und alles im Stich lässt. Du kannst ja ebenso gut nach Amerika auswandern. In aller Stille, meine ich.« Es klang alles wie Hohn in des anderen Mund.

»Nein, das könnte ich nicht.«

»Warum denn nicht? Flucht ist es in jedem Fall.«

»Du hältst mich offenbar für ein Kind, glaubst du, dass ich mich dazu entschlossen hätte, wenn noch eine andere Möglichkeit ... auch nur eine leise andere Möglichkeit vorhanden wäre?«

»Es ist furchtbar einfach, sich hinzusetzen und sich zu sagen: Nun habe ich keine Möglichkeiten mehr.«

»Du tust mir weh ...«

»Du erwartest doch von mir, dass ich aufrichtig bin!«

»Gewiss!«

»Und schon aus einem Grund ist es unbegreiflich! Kannst du deine Frau so im Stich lassen?« Der Freund gestikulierte, sein Gesicht war gerötet wie in einem furchtbaren Zorn.

»Aber ihretwegen tue ich es doch«, antwortete Hugo und schaute den anderen groß an.

»Das verstehe ich nicht ...«

Hugo stand an ein Bücherregal angelehnt und sagte leise, ganz demütig: »Wenn es zum Zusammenbruch kommt - und es ist nicht mehr zu vermeiden, bin ich bettelarm. Noch mehr! Bei einer klugen, langsamen Liquidation kann vielleicht noch ein Drittel gerettet werden. Würde aber die Fabrik zwangsweise verkauft, dann wäre das Ergebnis ganz aussichtslos. Du weißt, dass Antoinette kein Vermögen hatte. Sie wäre also - in keinem Sinne zu schützen. Wir stünden als Bankrotteure da und hätten nichts mehr zum Leben. Was müsste ich anfangen? Ich wäre fähig, als Schreiber in ein Bureau einzutreten. Was ich in den nächsten zehn Jahren noch aufzubringen vermöchte, würde uns kaum vor der größten Not schützen, die Gläubiger befriedigen könnte ich mein Leben lang nicht. Ich bin kein Kaufmann. Meine ganze Existenz war darauf eingerichtet, von meinem Vermögen zu leben. Jetzt, da ich's nicht mehr habe, bin ich zu alt, etwas zu lernen ... begreifst du?«

Der Advokat hielt sich die Schläfen: »Aber der Ausweg ... wo siehst du denn den Ausweg?«

»Sobald ich tot bin, ist die Prämie von zwei Versicherungen fällig. Dieser Betrag, der die Hälfte meines früheren Vermögens darstellt, wird den Gläubigern Garantien bieten ... sie werden dich ruhig liquidieren lassen. Selbst, wenn es schlecht geht, wird die Liquidation unter diesen Umständen zur Deckung der Verpflichtungen reichen. Der Betrag der Versicherungen aber sichert nachher Antoinettes Existenz. Sie wird dieses Haus behalten können und bezieht, wenn du ihr hilfst, das Geld gut anzulegen, eine Rente von immerhin dreißigtausend Franken ...«

Der Freund antwortete ruhig: »Deine Kalkulation ist falsch. Die Versicherung wird bei Suizid die Forderung nicht anerkennen. Sie wird den Status deines

Vermögens aus deinen Büchern bewiesen haben wollen, und deine Situation wird sofort klar sein ...«

»Du täuschest dich«, wandte Hugo ein, »die Policen beider Versicherungen berücksichtigen jede Todesart ... auch Selbstmord ... du kannst dich überzeugen ...« Er ging an seinen Schreibtisch und brachte die Papiere.

Der Advokat studierte sie aufmerksam. Legte sie auf die Seite. Starrte den Freund an. »Der Plan ist grauenhaft ...«

»Ich will dir eine einzige Frage stellen ...«

»Bitte!«

»Hältst du ihn für klug oder unklug ... ich meine, was die finanziellen Aussichten anbetrifft. Würdest du die Zuversicht haben, die Sache nachher so durchzuführen? Damit Antoinette geschützt wäre?«

Der Freund starrte immer noch in dumpfem Brüten vor sich hin.

»Warum gibst du keine Antwort, siehst du irgendeine Schwierigkeit?«

»Wie kannst du von mir verlangen, dass ich dir den Rat gebe, dich umzubringen?«, sagte der andere matt.

»Du hältst also den Plan finanziell für möglich? Das ist das einzige, das ich von dir zu wissen wünsche. Es wäre nämlich doch schade, wenn ich für nichts von diesem Schauplatz abtreten müsste ...«

»Aber wie willst du es denn anstellen?«, fragte der Freund.

»Beantworte mir erst meine Frage ...«

»Lieber Freund, wenn du in deinen Geschäften jedes Mal so gut kalkuliert hättest! ...«

Hugo lächelte trüb: »Auf das allerletzte Geschäft kommt es an.«

»Aber hast du denn, als du in die Versicherung eintratst, schon an ein Suizid gedacht?«

»Keine Spur! Die eine datiert seit meinem fünfundzwanzigsten Jahr, die andere schloss ich zwei Jahre später ab vor meiner Verheiratung. Nur zum Schutz Antoinettes. Ich trieb damals viel Sport und dachte eigentlich eher an einen Unglücksfall ...«

Der Advokat nahm wieder die Policen in die Hand. Studierte sie nachdenklich. Legte sie dann wieder auf den Tisch zurück. »Die Idee ist mir entsetzlich ...« Er war völlig gebeugt.

»Du bist mir böse, weil ich mich dir anvertraut habe?«, fragte Hugo.

Der andere schüttelte den Kopf. Er zeigte ein ganz stupides Gesicht.

»Aber wie willst du es denn anstellen?«, fragte er wieder.

»In einer ganz einfachen Form ...«

»Aber um Gottes willen, wie?«

»Mit dem Automobil«, sagte Hugo ruhig, »ich brauche nur eine halbe Stunde dem See entlang zu fahren. Du kennst den Viadukt, wo die Bahn die Straße überquert ... dort wird es sein. Ich habe die Fahrt heute Morgen schon in aller Frühe gemacht. Ich werde mit achtzig Kilometer Schnelligkeit gegen die Pfeiler rennen ...«

»Mensch! ... Mensch!«, stammelte der Freund.

»Es ist vielleicht eine schmerzhafte, aber jedenfalls

die direkteste Lösung. Man kennt mich als einen Liebhaber von großen Geschwindigkeiten. Wenn du nachher mit deinem Ansehen in das Geschäft einspringst, wird alles ohne Schwierigkeit erledigt ... und weißt du, was das Schönste wäre?«

»Was?«

»Wenn Antoinette vom Ganzen nichts ahnte. Dass das Geschäft nach meinem Tod liquidiert werden muss, wird ihr natürlich erscheinen. Du kannst auch verhindern, dass die Zeitungen sich ungnädig mit mir beschäftigen. So wird alles still und ohne widerliches Aufsehen vor sich gehen ...«

Der Freund saß ganz gebrochen im Stuhl.

Da hob Hugo wieder an: »Das mit Antoinette – ich meine, dass sie's nicht erfahren soll, hat einen Grund. Er ist vielleicht etwas komisch, aber jedenfalls menschlich ...«

Der Freund blickte auf.

»Weißt du ...«, sagte Hugo, »sie hatte in allem ein unendliches Vertrauen zu mir. Sie hätte mir nie zugetraut, dass ich schlechte Geschäfte machen könnte, trotzdem ich bis zu meiner Verheiratung nie Geschäfte gemacht hatte ... verstehst du ... ich möchte nicht nachträglich in ihren Augen etwas ... komisch sein. Es ist eine kleine Eitelkeit, aber sie ist gewiss verzeihlich.«

»Seit wann hast du dich mit dem Gedanken getragen? Zu so etwas entschließt man sich doch nicht auf einmal ...«, fragte der Freund. Er bewegte leise den Kopf hin und her, als ob er noch gar nichts davon begriffe, stammelte dann plötzlich: »Und noch in dieser

Nacht? Es ist doch gar nicht möglich ...«

Hugo war jetzt ganz still und versonnen. Er sagte: »Es ist doch ein falscher Zug in unserer Welt. Es gehört heute zum guten Ton, dass man arbeitet, dass man sich mit etwas beschäftigt, es ist elegant, in große Unternehmen verwickelt zu sein, aber - man bringt diesen praktischen Sinn nicht sofort in ein Gehirn. Daran müsste man sich auch erst durch eine Generation gewöhnen ...«

»Wie ruhig du bist!«, sagte der Freund entsetzt und erstaunt.

»Ich bin etwas müde ... und dann kann ich mir auch das Schwere für die Nacht sparen.«

»Hast du denn keine Angst davor?«

Hugo schaute mit großen und etwas starren Augen: »In diesem Moment nicht, aber vielleicht kommt es noch, ich glaube sogar, dass es ganz sicher noch kommt«

»Ich muss etwas tun, irgendetwas tun, ich kann das doch nicht mit ansehen ...« jammerte der Freund.

»Ich danke dir für dein Mitgefühl ... ich danke dir ...«, Hugos Stimme klang unendlich behutsam und bescheiden, »ich hätte ja nie den Mut gehabt, mich dir anzuvertrauen, wenn ich dich nicht kennte, aber glaub' mir: da ist nicht zu helfen. Die Zeiten sind schlecht. Es mag viele geben, die wie ich ruiniert sind, aber sie haben in ihrer Jugend mehr gelernt, als ein Automobil zu steuern und Tennis zu spielen. Darin liegt der Unterschied!«

»Aber du bist doch intelligent ...«, warf der Freund erregt ein.

»Na, ja«, lächelte Hugo, »so mitten durch!«

»Und du bist heute früh schon da hinaus gefahren?«

»Ja, ich habe die Strecke gemacht, ich habe mir den Viadukt auf diese Möglichkeit hin angesehen, trotzdem ich ihn schon hunderte Mal passiert habe ...«

»Alles, was du mir sagst, ist mir ein grässlicher Alpdruck«, der Freund saß jetzt mit geschlossenen Augen ganz entgeistert im Stuhl.

»Du bist mir nicht böse, dass ich dich damit belastet habe? Ich konnte nicht anders! Ich brauchte deine Hilfe! Verstehst du mich!!«

»Ich komme mir vor wie der Mitwisser eines Verbrechens.«

»Aber es ist doch keines«, protestierte Hugo leise, »es wird niemand dadurch geschädigt, im Gegenteil, Menschen, denen ich Geld schulde, werden eine fast sichere Chance haben, es zurückzubekommen. Könntest du dir denn vorstellen, dass ich als ein armseliger Schreiber jeden Tag ins Bureau gehen müsste und Antoinette mir zu Hause die Suppe kochte?«

»Nein«, sagte der Freund, »ich könnte es nicht.«

Hugo stand in die Fensternische gelehnt: »Wenn ich jetzt da hinaus sehe in diesen warmen Abend ... auf den See und in diese Bäume, und wenn ich mir denke, dass ich heute zum letzten Mal die Sonne sehe, dann will es mich schier erwürgen. Dann möchte ich schreien ... wie einer, der erwürgt wird, um Hilfe schreien ...«

Er hielt inne. Die Erregung brach ihm die Stimme.

Der Freund stand zitternd auf und ging auf ihn zu: »Lieber ... lieber ...«, stammelte er, »du wirst es nicht können. So etwas kann man gar nicht ...«

»Das wäre das Entsetzlichste ...«, Hugo starrte ihn entgeistert an, »aber ich werde den Mut finden, glaube mir, ich werde ihn finden ...«

»Ich werde dir das Geld für die Wechsel aufbringen, ich werde alles für dich tun.« Der Freund wurde von Augenblick zu Augenblick erregter.

»Das nützt dir ja nichts, du Guter ...«, sagte Hugo »selbst wenn du gut liquidierst, wird alles gerade gedeckt werden können, aber wir hätten ja nachher nichts mehr zu leben ... begreifst du?«

»Wie soll ich diese Nacht verbringen?«, stammelte der andere wieder. Da sagte Hugo, dessen Gedanken einen ganz anderen Weg gegangen waren: »Weißt du, schließlich tue ich's nur um Antoinettes willen. Ich bin nicht feig. Ich wollte in jeder Form mein Leben fristen, oder es wenigstens versuchen. Antoinette aber würde das nicht überdauern. Sie würde zugrunde gehen. Sie ist wie eine ganz zarte Blume, die nur in der Sonne gedeiht, sie würde in der Not sterben ...«

Er brach ab, horchte nach dem Korridor, als ob er einen Tritt hörte, dann fuhr er fast glücklich fort:

»Ich aber will, dass sie schön bleibt, dass sie glücklich sei, dass keine Sorgen an ihrem Herzen nagen ... weißt du, sie ist wie ein Kind. Sie kennt das Leben nicht, sie hat es nie kennen gelernt ... ich habe sie ja so behütet ... und du wirst ihr zur Seite stehen, du wirst das Geld gut anlegen, wirst es ihr verwalten ... so wird sie nie arm werden ...«

»Der Schlag wird sie das Leben kosten«, sagte der Freund.

»Sie wird denken, ich sei verunglückt. Wie oft, wenn wir so wild und rasend fuhren, haben wir um ein Haar dasselbe erlebt. Sie weiß, wie leicht das möglich ist. Sie wird mir nicht misstrauen.«

»Es darf nicht geschehen«, der Freund stand da wie gewappnet mit einem schweren Entschluss.

»Vielleicht geschieht es ja auch nicht ...«, lächelte Hugo, »wie oft nimmt man sich so etwas vor, und zuletzt kann man es doch nicht ... glaubst du nicht, dass sich schon viele so etwas vorgenommen haben?«

»Gewiss«, antwortete der Freund ungeduldig.

»Sie würde ein paar Jahre um mich trauern«, meinte Hugo versonnen, »aber Frauen haben so viel Widerstandskraft. Sie verwinden so etwas. Vielleicht würde sie einen zweiten Mann finden, denn schließlich wäre sie doch keine schlechte Partie ... nur dass sie glücklich sei, darauf kommt es an, einzig darauf ...«

»Ich will mich bis morgen umsehen, ich verspreche dir das Nötige zu beschaffen ...« Der Freund sprach jetzt ernst, geschäftsmäßig, praktisch. »In der Frühe kommst du zu mir aufs Bureau, passt es dir?«

»Aber gewiss«, sagte Hugo, »ich weiß, dass ich mich immer auf deine Freundschaft verlassen kann, nicht?«, fügte er etwas tonlos hinzu und sah am anderen vorbei an die Wand, als ob er etwas ganz anderes sähe und dächte.

»Aber ja«, antwortete der Freund, »wie du mir Angst gemacht hast, mir war der Schreck ganz in die Glieder gefahren.« Er war an den Schreibtisch gegangen: »Darf ich mir die Liste mitnehmen?«

»Gewiss ...«

»Du hast einen großen Fehler«, begann der Freund wieder, »du rechnest nur mit dem jetzigen schlechten Zustand, und gar nicht mit der Möglichkeit einer Änderung. Man hilft sich doch von Schritt zu Schritt. Die Welt hat vielleicht schon in einem Monat ein ganz anderes Gesicht.«

»Ganz gewiss«, wandte Hugo ein, »es kombiniert und rechnet eben jeder nach seinen Fähigkeiten. »Du kannst aber nichts Unmögliches von mir verlangen.«

»Ich bin noch ganz dumm von dieser Aufregung«, der Advokat griff nach seinem Hut, »also jetzt etwas mehr Courage, das andere wird sich schon machen.«

Hugo lächelte leise und melancholisch: »Lieber Freund, du willst mich über meine Lage hinwegtäuschen, du willst mich um jeden Preis retten ... wenn du aber wüsstest, wie sehr ich verloren bin ...«

»Hast du Vertrauen zu mir?«, fragte der andere.

»Aber ja ...«, gab Hugo zaghaft zurück.

Er geleitete seinen Freund, den Advokaten, hinaus. Dann schloss er die Tür. Er musste sich jetzt in den großen Lederstuhl setzen. Er hatte Herzklopfen, dass es ihm den Atem nahm.

Er sah auf die Uhr. Es ging auf halb acht. Das Mädchen klopfte an der Tür. »Das Essen ist bereit«, sagte sie. Hugo dachte: »Dass ich ihr kein Wort sagen kann, dass ich von ihr gehen muss mit dem heitersten Gesicht ... das wird das Schwerste sein.« Eine unbändige, stürmische, fast rasende Sehnsucht überströmte ihn plötzlich. Er riss die Tür auf, durchsauste den Korridor, floh mit ein paar Sprüngen die Treppe hinab.

Antoinette stand am Flügel und blätterte in Noten: »Wir essen heute auf der Veranda!«, sagte sie ohne sich umzudrehen.

Er ging langsam auf sie zu. Mit einem vor Sehnsucht erstarrten Blick umschloss er ihre schlanke, fast kindliche Gestalt, die in einem weißseidenen Abendkleid über die Noten gebeugt dastand. Er trat hinter sie und küsste sie in den Nacken, da wo ihre blonden Haare ansetzten und eine ganz helle, flachsfarbene Färbung zeigten. Antoinette zog unter diesem Kuss leise die Schultern ein, drehte sich dann um, küsste ihn bei halbgeschlossenen Augen auf den Mund und wandte sich ohne ein Wort wieder zu ihrer Musik.

»Liebling«, stammelte er ... »Liebling.«

Sie schaute sich um und ihm ins Gesicht: »Du bist ganz gerührt?«, fragte sie, »was ist dir?«

»Nichts«, sagte er und lächelte. »Ich freue mich, bei dir zu sein, es ist nur Freude ...« Er begann zu erzählen, dass er mit Friedrich eine Konferenz gehabt, dass Friedrich ein guter Mensch wäre, zu dem man Vertrauen haben könnte in jeder Lebenslage.

»Er ging mit dir zur Schule, nicht?«, fragte Antoinette.

»Ja«, sagte Hugo und erzählte weiter, dass ihn die Geschäfte ermüdeten, dass er lieber reisen möchte, dass er mit Friedrich wegen einer Vertretung in der Fabrik gesprochen, dass Friedrich in jedem Fall ein sehr gescheiter Mensch wäre. »Bist du nicht auch der Ansicht?«, fragte er abrupt.

»Liebster, ich versteh ja nichts davon«, antwortete sie, »wollen wir jetzt essen?«

Sie traten auf die Veranda, wo auf einem kleinen runden Tisch zwei Gedecke standen. Während sie aßen, erzählte Antoinette von der Ausfahrt, die sie gegen Abend gemacht, von Freunden, die sie auf der Promenade gesehen. Er hörte still versonnen auf ihre Stimme. Die Worte kamen ihm im einzelnen kaum zum Bewusstsein, er vernahm nur den Klang, den Tonfall. Aber alles war ihm eine Linderung. Er schaute sie plötzlich lächelnd an, ohne aber ein Wort zu finden.

Sie blickte ihm gleichfalls aufmerksam in die Augen.

Da sagte er: »Ich bin glücklich, dass du heute so schön bist. Mir ist, als hätte ich dich nie so jung, so frisch gesehen!« Seine Augen kamen nun nicht mehr von ihr los. Sie hatte eher ein rundliches, als ein ovales Gesicht. Ihre blonden Locken hingen ihr in ein paar leisen, wirren Strähnen in die Schläfen, ihr Mund aber zeigte, wenn er lächelte, eine Linie von so scheuer, verwirrter Sinnlichkeit, dass Hugo, wie über einem leichten Schwindel, die Augen schloss und über einem Atemzug einer seligen Vision nachging.

»Weißt du, wie du mir oft vorkommst?«, fragte er endlich.

»Wie denn?«

»Wie ein reizvoll verkleideter Knabe«, lachte er.

»Du hast viel Phantasie ...«, sagte sie und starrte in den Garten. »Peki! Peki!«, rief sie. Aber Peki zeigte sich nicht.

»Wo ist er?«, fragte Hugo das Mädchen, das eben die Spargeln auftrug.

»Er ist doch im Garten«, antwortete das Mädchen. Sie ging die Sandsteintreppe hinunter und nach den Büschen, hinter denen die große gelbe Brandmauer des Nachbarhauses aufstieg. Dort lag Peki, der kleine Chinesenhund, und wühlte mit dem Kopf in einem Haufen Unrat. Das Mädchen nahm ihn auf und rief: »Er ist ganz voll Schmutz.«

»Bringen Sie ihn her!«

Das Mädchen kam und setzte Peki neben Antoinette auf den Stuhl. Er blickte mit klugen, neugierigen Augen um sich.

»Bist du ein Schmutzian!«, rief Antoinette. Sie gab ihm einen Klaps auf den Rücken und streichelte ihn darauf; als ob sie die vorige brüske Gebärde wieder gutmachen müsste.

Hugo sah ihr zu. Wie zärtlich diese schmale Hand dem Kleinen über das Fell fuhr. »Nehmen Sie ihn in die Küche! Man muss ihn waschen!«, befahl Antoinette. Das Mädchen nahm Peki auf den Arm. Er ließ sich alles ruhig gefallen und sah nur mit etwas melancholischem Blick herüber, ehe er unter der Salontür verschwand.

»Willst du nachher Musik hören?«, fragte

Antoinette, »oder wollen wir noch ausfahren? Hast du nicht das Automobil bestellt?«

»Ja«, antwortete Hugo, »aber erst um zehn Uhr!«

»Warum so spät?«

»Ich bin doch schon oft in der Nacht gefahren.«

»Ja, ja«, sagte sie ungeduldig, »wenn ich mit darf, kann es die ganze Nacht sein ... Wäre es nicht wunderbar, so eine ganz mondhelle Nacht Automobil zu fahren? Das haben wir noch versäumt.« Sie sah ihn mit erregten, glänzenden Augen an. »Glaubst du nicht, dass wir bisher noch so viel versäumt haben?«

»Kann schon sein«, lächelte er matt. Sie schien irgendetwas anderem nachzudenken. Sie sah seine Verwirrung nicht.

Plötzlich sagte sie: »Du hast heute so ein müdes Gesicht, woher kommt das?«

»Ich habe viel gearbeitet, und das mit Friedrich war doch sehr anstrengend.«

»Du solltest zu Bett gehen, dich auszuruhen, verstehst du? Und von Samstag zum Sonntagabend machen wir dann eine große Tour, gefällt dir die Idee nicht?«

»Oh doch«, sagte er stiller, »aber weißt du, der Chauffeur ist jetzt auf zehn bestellt.«

»Du kannst doch in die Garage telefonieren?«

»Du missverstehst mich ... es ist nicht direkt Müdigkeit, was in mir ist, eher Nervosität, und da tut mir die Nachtluft immer am besten. Ich schicke dann den Franz heim und fahre selbst. Nur eine Stunde lang. Du brauchst aber nicht auf mich zu warten. Das tut dem Motor auch gut, wenn er sich wieder mal tüchtig auslaufen kann ...«

»Wie du meinst«, Antoinette hielt plötzlich zu essen inne, »weißt du, woran ich heute Abend gedacht habe?«

»Nein ...«

»An den Sommer; hast du dir schon überlegt, wo wir hinkönnen?«

»Nein, noch gar nicht.«

»Mir hat Klara eine Adresse von einem kleinen holländischen Seebad gegeben. Ein ganz kleines Nest soll es sein, aber reizend. Die Kirchgrabers wollen auch hingehen. Es ist gar nicht teuer. Klara sagte, sie müssen sparen, die Geschäfte gehen so schlecht.«

»Ja, sie gehen wirklich schlecht, es lohnt sich kaum mehr zu arbeiten ...« Hugos Stimme klang bedrückt, melancholisch.

»Jedermann verliert Geld. Hast du auch schon verloren?«, fragte sie aufmerksam.

»Ja, aber es ist nicht schlimm, und dann ist es ja bei einem so großen Betrieb auch ziemlich schwer, ganz hineinzusehen ...«, er brach ab. Es gab eine kleine Pause. Hugo hatte den Eindruck, als ob sie irgendwie darüber nachsänne.

»Hör mal, ist es denn nicht sehr gefährlich, wenn man nicht ganz hineinsieht?« Sie schaute ihn nachdenklich, wie über einer bangen Frage, an.

Hugo raffte sich auf und sagte: »In den großen Zügen kann man sich natürlich schon Rechenschaft geben, aber im einzelnen - siehst du, bis man viel gewinnt, muss man viel riskieren, und ob die

Kalkulationen der Ingenieure in der Praxis dann immer so viel einbringen, das ist eben nie ganz vorauszusehen.«

Antoinette sagte: »Ich bin eigentlich immer ein bisschen stolz darauf gewesen, dass du einem so großen und so modernen Unternehmen vorzustehen die Kraft hast ...«

Er lachte: »Imponiert dir das?«

»Ja, weißt du, einen Mann, der nicht arbeitet, der auch kein Talent hat, könnte ich nicht respektieren.«

»Aber wenn du ihn sehr liebtest?«, wandte er ein.

Sie überlegte und sagte dann einfach: »Einen solchen Mann liebe ich kaum. Das gehört doch eigentlich zu einem Mann, dass er etwas ist, findest du nicht?«

»Liebes Kind«, antwortete Hugo, »es ist oft sehr gefährlich, etwas zu sein. Und es kann einer wider seinen Willen in eine Position kommen, der er nicht gewachsen ist, und das rächt sich dann eben.«

»Ja schon«, gab sie zu.

»War ich denn überhaupt etwas, als wir heirateten?«

»Du hattest doch schon Automobilrennen gewonnen, warst bekannt, und weißt du noch, als wir eines Abends noch spät bei Klara waren und du mich nach Hause begleitetest, da hast du mir alle deine Pläne von der Fabrik auseinandergesetzt. Das mit den neuen Motoren und all den Verbesserungen, die noch möglich wären. Du glaubst nicht, wie mich das im Geheimen begeisterte ...«

»Daraufhin hast du mich geliebt?«

»Nicht daraufhin, aber ich hab' mich jedenfalls gefreut«

»Es war eine schöne Zeit damals«, sagte er fast enthusiasmiert, »alle diese Unternehmungen waren noch so jung, man arbeitete mit so viel Freude.«

»Es ist auch etwas herausgekommen«, konstatierte Antoinette ruhig.

»Was das anbetrifft, wollen wir noch abwarten«, protestierte Hugo zaghaft.

»Na, du brauchst dich nicht zu beklagen«, tröstete sie ihn. Er dachte: »Wenn sie eine Ahnung hätte, wie ungeschickt ich im Grund gewirtschaftet habe. Wenn sie eine Ahnung hätte!« Er war aufgestanden, schritt auf der Veranda hin und her. Das Mädchen trug Erdbeeren auf. »Spiel mir etwas, ich habe so Sehnsucht nach Musik ...« Sie ließen alles stehen und gingen hinein. Er blieb an die Tür gelehnt stehen, sie setzte sich ans Klavier: »Was möchtest du hören?« fragte sie.

»Was du willst.«

Sie begann mit dem achten Präludio aus dem wohltemperierten Klavier. Wie eine große bittere Klage stieg die Melodie auf. Verhaltene Klänge von Arpeggien bewegt und auf stumpfe Schwermut gestimmt. Hugo starrte hinaus in den Garten, dessen Büsche in der Dämmerung grauer wurden. Ein starker Geruch von Lilien war plötzlich im Raum. Er war Hugo vorher gar nicht zum Bewusstsein gekommen. Jetzt aber empfand er diesen Duft wie etwas seltsam Süßes und Einschläferndes. Er schloss die Augen. Er überlegte: »Es ist heute ein Abend wie alle anderen, die wir beide hier verlebt haben. Die Nacht kommt über den Fliederbüschen, vom Quai her tönen die

Automobilsignale, der Mond wird bald über dem See stehen, und das Wasser wird ganz gelb sein ...« Aber er fühlte, wie jetzt das Neue, das Entsetzliche kam. Gleich einem feinen stechenden Schmerz ging es ihm durch die Brust. Um zehn Uhr wird das Automobil kommen«, dachte er weiter, »ich werde Franz nach Hause schicken, werde mir die Schlüssel zur Garage geben lassen ... aber dann ... aber dann ...«

Dazwischen hörte er wieder die Musik. Wie eine wohlig bewegte Last legte sie sich ihm aufs Herz. Es war ja alles so unendlich trostlos, aber wenn er jetzt genau hinhorchte, so strömte doch etwas wie ein Überwinden hinein ... etwas fast Himmlisches, das gewiss größer war als diese Verzweiflung.

Er drehte sich herum. Er sah Antoinettes feine schmale Finger über die Tasten gehen. Die Perle an ihrer linken Hand leuchtete bezaubernd weiß. Ihre Locken an den Schläfen hatten sich etwas gelöst. Im elektrischen Licht der Klavierlampe schimmerten sie flachsbleich.

Jetzt dachte er erst daran und ganz unentrinnbar sah er es vor sich, dass er morgen nicht mehr leben würde. Und doch lag so gar nichts von einer Katastrophe in der Luft. Der Abend war so lau, Antoinette so schön, und nur die Musik hatte etwas Unheimliches und Beklemmendes. Warum sie aber auch mit Bach begonnen hatte ...

»Sie würde mich verachten«, klang es in ihm weiter, »sie würde nie verstehen, dass ich eine große Rolle spielen wollte, der ich nicht gewachsen war. Nur als einen ganz schlechten Komödianten würde sie mich noch ansehen.« Ja, so hatte er sie auch immer verstanden. Das war ihr Charakter. Sie war stolz auf ihn und hatte so wenig Ursache. Aber wenn er in diesem Unglücksfall umkam, wenn Friedrich ihr nachher bewies, dass bei Liquidationen moderner Unternehmungen immer Geld verloren geht, wie sollte sie da auf die Spur kommen ... es blieb ja genug für sie übrig. Und, wenn sie schließlich in späteren Jahren einmal den Sachverhalt ahnte ... hatte er dann nicht in ihren Augen gebüßt?

Sie war aufgestanden: »Und jetzt?«, fragte sie. Sie kam näher. Er küsste sie auf beide Augen.

»Mozart«, sagte er. Sie begann mit dem Klavierkonzert in D-Moll. Tapfer setzte sie mit dem Orchesterpart ein, wo die Bässe grollend, wühlend gegen die Synkopenmelodie anspringen. Er trat hinter sie. Es war, als ob über dieser Musik ein Strahl von Licht durch sein Herz ginge. Er legte ihr beide Hände auf die Schulter, als ob er den Jubel, der in ihrem Körper bebte, in seine Nerven aufnehmen könnte.

»Wie schmal, wie kindhaft ihre Schultern sind«, dachte er plötzlich. Er beugte sich über sie. Sein Atem streifte ihren Hals. Sie hielt zu spielen inne.

»Komm«, sagte er fast heiser. Dann lachte er plötzlich. »Wir wollen doch die Erdbeeren essen!« Sie wollte ihm folgen, da drehte er sich um, umschlang sie, hob sie hoch und trug sie zum Diwan. Sorgsam bettete er ihren Kopf in die Seidenkissen: »So, jetzt bleib still«, befahl er. Er lief hinaus, schöpfte sich einen Teller voll

Beeren, schüttete Zucker, Schlagrahm darüber, der fast so kühl war wie Eis. Dann kam er, setzte sich zu ihr. Sie lehnte ihren Kopf an seine Brust und er schob ihr die roten, wie von Blut und Schnee schimmernden Beeren in den Mund, Löffel um Löffel voll. Sie lachte, zeigte ihre Zähne, aß wie ein Kind. »Ich habe genug«, sagte sie plötzlich. Sie hatte fast schläfrige Augen. Sie lehnte den Kopf zurück, schaute ihn aus halbgeschlossenen Lidern mit einem matten Blick an. Er starrte auf ihren Mund. Alle Schönheit und Begier schienen um ihre schmalen, roten Lippen gesammelt.

Sie spitzte ihren Mund: »Komm, küsse mich!«, raunte sie weich, lässig, wie ein Kind, dem ein Wunsch erfüllt werden soll. Die Erregung stieg ihm ins Gesicht, in die Augen. Er neigte sich zu ihr nieder. Es war, als ob er alles Leben aus ihren Lippen in die seinen saugen wollte. Sie waren beide ganz außer Atem. Sie hörten von einer Uhr zwei Schläge. »Es ist halb zehn«, überlegte er, »noch eine halbe Stunde«, zuckte es durch sein Gehirn.

»Du wirst bei mir bleiben«, bat sie. »Du wirst nicht fortgehn.« Er schaute sie verblüfft an, als sei es etwas ganz Widersinniges, dass sie diese seine Gedanken erraten hatte.

»Ich ... werde dableiben«, sagte er wie abwesend und hielt über dem letzten Wort den Mund noch offen.

Es war ihm jetzt, als ob er die Kraft dafür nie aufbringen könnte. Wie konnte er sterben? Wie konnte er dieses Weib einem anderen zurücklassen? Eine schmerzhafte, brennende Eifersucht überfloss wie ein

Fieberschauer seinen Körper.

»Mir ist, als hätte ich dich noch nie geliebt wie heute ...«, sagte er leise. Er musste die Augen schließen. Er bebte, als ob ihn eine Ohnmacht überkäme.

Sie richtete sich auf, umschlang ihn mit ihren schlanken Armen und küsste ihn wieder.

Er machte sich los. Er fühlte, wie er von Augenblick zu Augenblick mutloser wurde.

»Auch mir ist es wie ein Rausch ...«, sagte sie plötzlich, als ob sie auf sein letztes Wort jetzt nachträglich noch antworten wollte.

»Aber wir haben uns eigentlich immer so geliebt, während unserer ganzen Ehe«, hob er wieder an, »findest du nicht?«

Sie sann. »Ja«, sagte sie, »aber es war doch nicht immer so stark in uns, oder?«

Er schaute sie an. Sie sah mit ihrem nachdenklichen klugen Mädchengesicht vor sich hin. Er überlegte: »Vielleicht würde sie doch alles verstehen, vielleicht würde ich dann in der Armut, in der Not eine ganz neue Frau in ihr kennen lernen ...« Zugleich fühlte er, wie sinnlos dieser Gedanke und dieser Ausweg war. »Menschen, die nicht für die Armut geboren sind, sterben daran«, sagte er halblaut wider seinen Willen.

»Was sagst du?«, fragte sie.

»Ich rede wie im Traum«, erklärte er. Ja, sie würde sterben, er müsste sich wie ein Verbrecher vorkommen. Hatte er nicht vor der Welt und seinem Gewissen die Pflicht auf sich genommen, ihr Leben lang für sie zu sorgen? Ihr diese Existenz zu geben, die sie ihrer Natur nach verlangte? Wie konnte er sich feig dieser Pflicht entziehen?

Er hatte beide Hände an ihre Schläfen gedrückt, er fühlte ihre Locken wie ein sanftes Gekräusel unter seinen Fingern, er sah ihr ganz nahe in ihre Augen und sagte halb zu ihr, halb zu sich selbst: »Ich werde immer für dich da sein ... immer ... Liebling!«, schrie er fast auf.

»Dass sie leben kann, muss ich sterben«, sagte ihm zugleich sein Gehirn, wie etwas Unwiderrufliches. Er senkte den Kopf. Er fühlte einen schweren drückenden Schmerz im Genick.

Er dachte: »Wenn mich jetzt der Schlag treffen würde, dass ich schmerzlos zu ihren Füßen hinsänke, wie dankbar wollte ich dem Schicksal sein. Aber es wird mir nichts erspart werden. Gar nichts.«

»Du siehst wirklich müd aus«, hörte er ihre Stimme.

»Nein«, antwortete er, »die Nachtluft wird mir wohl tun.«

»Du willst also doch fort?«, fuhr sie auf.

»Missversteh mich nicht«, bat er, »ich werde sofort zurück sein, du kannst sogar auf mich warten.«

»Warum darf ich denn nicht mitfahren?«, fragte sie eigensinnig.

»Das nächste Mal«, lächelte er matt, »kleine Kinder müssen schlafen gehen, nicht?«

»Du bist nicht lieb ...«, konstatierte sie.

»Bist du mir böse? ...«

»Ich weiß es nicht?«, sagte sie etwas kühl und sah an ihm vorbei.

»O du kleines Geschöpf«, lächelte er, »jetzt machst du deinen Trotzkopf ... darf ich dich um etwas bitten?" Er fragte mild, fast flehentlich.

Sie fuhr über diesem Tone auf: »Warum?«

»Dass du mir nicht zürnst, denn ich möchte heute so gut zu dir sein, glaubst du mir das?«

Sie hatte ihm aufmerksam zugehört. Es war etwas in seiner Stimme, das sie nachdenklich machte, fast etwas Mysteriöses, dem sie sich unwillkürlich beugte.

Sie blieben jetzt lange still. Er hatte ihre rechte Hand genommen und strich ihr ganz sanft über den Handrücken, als ob er alle Zärtlichkeit in diese Bewegung legen könnte.

Sie sagte: »Ich werde auf dich warten.«

»Ja, das darfst du ...«, antwortete er. Er schaute auf die Uhr. »Franz sollte schon da sein«, konstatierte er. »Wenn Franz nicht käme, müsste ich zu Fuß zur Garage gehen«, überlegte er. Und fast zu gleicher Zeit: »Wenn ich jetzt ein Wort fände oder eine Bewegung, die ihr alle Liebe zeigen könnte ... alle Liebe!« Aber er fand das Wort nicht, so sehr er sich auch anstrengte. Sein Gehirn schien ihm unendlich müd und leer. Er empfand plötzlich eine tiefinnerste Lust, sich einfach hinzulegen und zu schlafen. Aber das war ja nicht möglich.

Und dann sah er den Viadukt, diese großen, grauen Steinquadern. Auf der rechten Seite der Straße musste er daherkommen, dann im letzten Moment das Steuer abdrehen. Er dachte: »Es wird ein Schlag sein, als ob mir ein Stein ins Gesicht flöge ... mitten ins Gesicht.«

In solchen Fällen war man meist gleich tot. Er erinnerte sich an eine Katastrophe, wo das Steuer gebrochen war. Ein Herr und eine Dame waren verunglückt, die Dame war sofort tot, der Herr lebte noch einen Tag, der Chauffeur aber hatte unter dem Wagen gelegen und war ganz verkohlt.

Hugo dachte alles kühl und klar zu Ende. Aber er glaubte dennoch nicht daran. Irgendetwas gab ihm Hoffnung. Irgendetwas in ihm sträubte sich, an die Hoffnungslosigkeit zu glauben.

»Dass Franz nicht kommt«, sagte er wieder. Aber er war froh, dass er noch nicht da war, dass alles noch hinausgeschoben schien. Er dachte an ähnliche Fälle, da einer vor dem Ruin stand und nachher Verwandten zur Last gelebt hatte. Aber er hatte ja keine Verwandten, die ihm hätten helfen können, und selbst, wenn ihm jemand neuen Kredit hätte verschaffen wollen, wie hätte er die Sachkenntnis, die Talente sich aneignen sollen, um das Unternehmen so zu gestalten, dass das Verlorene wieder einzubringen war? Ein wirklicher Geschäftsmann hätte ihm ja gewiss auch nicht zu dieser Fabrik geraten. Was ihn selbst daran gereizt hatte, waren Versuche, Dinge, die ausprobiert werden konnten. Aber solche Experimente brachten doch kein Geld. Warum hatten sich denn die Banken von Anfang an so skeptisch gezeigt? Man betrachtete ihn allgemein als einen charmanten Dilettanten. Man hatte auch sein Vermögen überschätzt.

Er starrte wieder Antoinette in die Augen. Sie schien ihm jetzt blass und matt zu sein:

»Fühlst du dich unwohl?«, fragte er.

»Es ist gut, wenn wir bald aufs Land gehen, das wird mir wieder Farbe geben«, sagte sie.

»Ja, das müssen wir.« Sie sprachen jetzt vom Meer, von dem kleinen Nest in Holland, wohin sie gehen wollten. Hugo diskutierte ganz ernsthaft alle die Fragen, die mit dieser Reise zusammenhingen. Im September fuhr man dann vielleicht für zwei Wochen nach Bellagio ... Antoinette ereiferte sich mit ihrem ganzen Temperament. Hugo erwärmte sich auch und es schien ihm jetzt für Momente, als ob das alles doch noch ganz wohl möglich wäre.

Da tönte die Hupe.

»Er ist da ...«, sagte Antoinette, »geh schnell, dass du in einer Stunde zurück bist ...«

Er war aufgestanden, aber er rührte sich nicht vom Platz. »Auf was wartest du noch?«, fragte sie.

»Auf nichts ... auf gar nichts ...«, sagte er. Er errötete wie ein Knabe und wandte sich nach der Veranda, dass sie sein verlegenes Gesicht nicht sähe. Ganz mechanisch nahte er sich dem Tisch, nahm eine Weinflasche und neigte sie, trotzdem er wusste, dass kein Tropfen mehr drin war, über sein Glas. Er empfand jetzt genau, wie schwach er war. Nicht einmal zum Lügen hatte er Kraft. Vielleicht war es doch gut, wenn er jetzt ging. Sonst lief er noch Gefahr, sich zu verraten.

Er gab sich einen Ruck: »Ja ... es ist Zeit ...«, sagte er ruhig, kühl. Aber er kam nicht von der Stelle fort. Sein Herz klopfte unbändig. Er empfand jeden Herzschlag im Halse. »Himmlische Einfalt ... wenn ich nicht die

Kraft hätte«, durchbebte es ihn. Konnte es denn jetzt so weiter gehen? Musste nicht etwas Unerwartetes, Wunderbares, Grenzenloses eintreten? Konnte man denn so Abschied voneinander nehmen? War es nicht entsetzlich, gefühllos, banal?

Er stand immer noch unter der Verandatür. Er sagte plötzlich und zusammenhanglos: »Ich glaube, morgen gibt es schönes Wetter.« Er schaute zum Nachthimmel auf mit einem langen, prüfenden Blick.

Warum sperrte er sich denn? Er ballte die Hände. Warum stand er nicht schon draußen?

Wieder tönte die Hupe. Hugo sagte ganz erregt: »Der Esel meint, man hätte ihn nicht gehört. Es ist entsetzlich, wie unverschämt heutzutage die Dienerschaft wird.«

»Wie meinst du?«, fragte Antoinette, die wieder am Klavier stand.

Er antwortete nicht. Es war ja Unsinn, was er da eben gesagt hatte. Konnte denn Franz etwas dafür, dass er, sein Herr, sich in dieser Nacht noch das Gehirn einrennen musste?

»Spute dich, Liebling«, hörte er wieder Antoinettes Stimme.

»Du willst mich mit Gewalt draußen haben?«, ärgerte er sich plötzlich. Sie drehte sich erstaunt um. Er sah an ihr vorbei. Er konnte ihrem Blick nicht begegnen. Er kam sich vor wie ein Betrüger.

»Was ist mit dir?«, fragte Antoinette, »ich will ja nur, dass es nicht zu spät wird.«

»Natürlich ... natürlich ...«, er knöpfte den Rock zu.

Er war jetzt bereit ... es war ja auch die höchste ... allerhöchste Zeit.

»Du ...«, bat er und hielt inne. Sein Gesicht musste ihr jetzt doch seltsam verwandelt vorkommen. Er sah wie ein leises Erstaunen in ihren Zügen blitzen. »Was ist?«, fragte sie.

»Also in einer Stunde ...«, sagte er. Er dachte: »Ich sollte jetzt vielleicht vergnügt sein und lächeln. Auf der Bühne würde man in so einem dramatischen Moment lächeln.« Aber er hatte Angst vor der Grimasse, die über sein Gesicht huschen würde.

Sie kam jetzt auf ihn zu, schlang ihre Arme um seinen Hals. Sie musste auf den Fußspitzen stehen, um seine Lippen zu erreichen.

»Schließ die Augen ...«, bat er leise.

Er küsste sie, als ob er sie töten wollte, er hielt sie in seinen Armen, als ob ihr schlanker Körper zerbrechen müsste, sie verzog ihr Gesicht, als ob sie aufschreien möchte. Und dennoch ... als sie ihre Augen wieder öffnete, hatten ihre Pupillen jenen verwirrten, flirrenden Glanz, der ihn ganz hilflos machte.

»Liebling«, stöhnte er.

»Geh!«, raunte sie, »komm bald wieder.« Er zitterte. Hatte ein Weib eine stärkere, sinnlichere Gewalt der Verführung? Hatte je eine Stimme auf Erden verheißender, lockender getönt?

Aber er ging hinaus. Im Korridor hatte das Mädchen halb eingeschlafen auf einem Stuhl gesessen. Sie half ihm in den Überrock. Währenddessen sah er ganz deutlich Antoinette, die nach dem Klavier zurückschritt. Auch er hatte sich nicht mehr umgedreht. Hätte er sie nicht noch einmal sehen sollen? Um sich ihr Bild für die letzte Minute ... für die letzte Sekunde, da er alle Kraft nötig hatte, einzuprägen?

Während er die Treppe hinunterschritt, wurde ihm plötzlich merkbar wohler. Er war jetzt doch in irgendeiner Bewegung. Dieses Zaudern war zuletzt ganz unerträglich gewesen.

Franz stand da und drehte den Motor an. Hugo ging am Haus entlang, um die Ecke, bis er zwischen zwei Häusern durch auf die Veranda sah. Er gewahrte einen schwachen Lichtschein, hörte Klavierspiel. Es klang wie eine Etüde von Chopin.

»Sie können nach Hause gehen!«, sagte Hugo. Franz nickte und grinste. Das gefiel ihm offenbar. Franz war verheiratet und wohnte unweit der Garage.

»Soll ich den Herrn erwarten?«, fragte er.

Hugo besann sich. Er zögerte absichtlich mit der Antwort: »Wenn Sie wollen ... ich kann ja zwar den Wagen auch allein in die Garage bringen ...«

Franz grinste wieder und sagte: »Jawohl ...«

Hugo fuhr langsam an. Er wandte sich nach dem Quai und von dort auf die Straße. Die Nachtluft war kühl, der Motor zog gut. Auch Hugo wurde der Luftstrom im Gesicht zu einer Erleichterung.

Er fuhr jetzt ziemlich langsam am See entlang. Die Straße war etwas auf der Höhe. Der Bahndamm war näher am See und tiefer gelegen. Rings waren Villen an den Hängen, in Gärten versteckt. Er kannte das alles so genau und dennoch sah er sich mit seltsam neugierigen Augen um. Der Mond stand so klar am Himmel, dass die Landstraße wie ein gelbes, breites Band vor dem Automobil herlief.

Auf dem See zog der Vergnügungsdampfer mit Lampions behangen, der Stadt zu. Eine Militärmusik spielte auf dem Promenadendeck.

Hugo schaltete die zweite Geschwindigkeit ein. Er wollte den Wagen allmählich auf seine höchste Schnelligkeit bringen. Bei der dritten Geschwindigkeit gab er bei kühler Temperatur neunzig Kilometer.

Er dachte jetzt eine Weile gar nicht an das, was kommen sollte. Die Freude am Sport, am Fahren erregte sein Temperament. Die Straße war für die frühe Nachtstunde merkwürdig leer. Ein Fuhrwerk kam ihm entgegen ... Es war ein leerer Wagen. Der Fuhrmann saß auf der Wagenbrücke. Eine scharfe Biegung zeigte sich. Hugo schaltete den Motor aus, bremste, der Gleitschutz der Hinterräder sprühte Feuer, während es den Wagen herumriss, dann stob er mit der dritten Geschwindigkeit weiter.

Hugo empfand, wie sein Blut in Wallung kam. Er liebte es über alles, so scharfe, fast rechtwinklige Kurven mit todsgefährlichen Wendungen zu nehmen, wo die Dauer eines Atemzuges entschied. Er hatte diese halsbrecherischen Drehungen im Gefühl, er kannte die Gefahr, aber er überwand sie instinktiv. Das hatte ihm seinen Ruf als Sportsmann gemacht, eine große, eher aus dem Gefühl, als aus Überlegung geborene Kaltblütigkeit. Er vermochte das Äußerste zu wagen, weil er nie die Fassung verlor. Das war seine besondere Gabe. Er fuhr durch ein Dorf, ein Hund kam aus dem Dunkel auf den Wagen zugeschossen und lief bellend hinterher. Unten auf dem Bahngleis erschien ein Zug. Es waren erst nur zwei ferne Lichter, dann kam es näher, die Helle aus den Wagenfenstern floss zu einem einzigen weißen Strich zusammen. Er war jetzt zehn Minuten gefahren.

Mit dem Gedanken an die Zeit tauchte plötzlich wieder das Ziel in seiner Vorstellung auf. Er sah den Viadukt. Ein kühler Kitzel kroch ihm über den Rücken. Er wusste jetzt auch, dass er es das erste Mal nicht vermöge, dass es einen entsetzlichen, harten Kampf kosten würde. Er sah es voraus.

Er fuhr auf einmal ganz langsam. Die Angst überfloss ihn. Er wollte sich nicht Rechenschaft geben, aber er war froh um jede Minute, um die das Ziel noch hinausgeschoben war.

»In einer Viertelstunde werde ich gegen eine harte Steinwand fliegen«, durchbebte es ihn, »das Gesicht wird ein Brei sein und alle Glieder werde ich brechen ... lieber Gott, wenn ich nur gleich tot bin ...« Es war ihm, als müsste er jetzt aussteigen, als müsste er alles, was es noch zu überlegen gab, ruhig überdenken, und wenn er dann die Kraft hatte, die letzte Kraft, dann durfte es keine Minute mehr dauern ... dann müsste es in Sekunden geschehen.

Wieder fuhr er durch ein Dorf. Da war ein Wirtshaus mit einer Steintreppe. Leute standen darauf und sahen dem Wagen nach. Sie hatten ihn offenbar erkannt. Man kannte ihn ja in der ganzen Gegend. Diese alle würden vielleicht am kommenden Tag sagen: »Wir haben ihn noch eine halbe Stunde vor der Katastrophe gesehen, aber er fuhr ganz langsam durch das Dorf ...« Das würde gewiss auch in den Zeitungen stehen.

Man ist meist sofort tot, gingen seine Gedanken weiter, aber es gab doch schon Fälle, wo Menschen noch eine Stunde, noch einen halben Tag lang gelebt hatten. Er erinnerte sich plötzlich, vor einigen Tagen in einer französischen Zeitung von einem Verunglückten gelesen zu haben, der beim Transport zum Spital starb. Er hatte noch die Kraft zu wünschen, dass man seine Frau, die krank war, von seinem Unglücksfall nicht benachrichtigen sollte.

»Ich kann vielleicht eine Stunde und länger unter den Trümmern des Wagens liegen ... das Gesicht voll Blut ... und noch atmen ...« Hugo sah plötzlich, wie in der Ferne etwas gleichsam aus dem Dunkel aufstieg und sich über die Straße wölbte ... er hielt den Atem an. Er schaute starr. Ein Würgen kroch ihm in den Hals. Dann hielt er den Wagen an.

Er starrte hinüber, wie ein Verurteilter nach der Guillotine sieht. Dann überkam ihn plötzlich eine wahnwitzige Vorstellung. Er dachte: »Wenn ich noch weiter ... wenn ich unter den Brückenbogen durchführe, dann wäre meine Kraft paralysiert. Ich muss hierbleiben, bis ich ganz entschlossen bin. Die Distanz vor mir beträgt dreihundert, vielleicht zweihundert Meter. Ich kann auf dieser Strecke zu voller Geschwindigkeit kommen. Dann muss ich es vollbringen.«

Eine Weile saß er regungslos. Seine Hände umkrallten das Steuer. Sein Körper zitterte leise unter der Vibration des leerlaufenden Motors. Eine ganz schreckliche Ratlosigkeit überfloss ihn. Die Straße war leer. Das kam ihm sonderbar vor. Und doch war er froh darüber. Wenn jetzt jemand käme. Man würde es doch seltsam finden, dass er mit dem Automobil ganz ohne Grund mitten auf der Straße stand.

Da begann der Takt des Motors auszusetzen. Die Zündungen kamen ruckweise, unregelmäßig. Dann stand er still. Hugo sah entgeistert und müde zum Nachthimmel auf. Was hatte er auf Erden verschuldet, dass er dieses Entsetzliche erleiden musste? Aber selbst in seiner Phantasie rechnete er kaum mehr auf die Möglichkeit einer Rettung. Die Vorsommernacht war ziemlich kühl. Er hatte nur einen leichten Staubmantel um und es begann ihn zu frösteln. Nur vom See her stieg eine laue Strömung auf. Es war als ob das Wasser das Sonnenlicht das es den Tag über aufgesogen, in einem warmen Hauche wieder von sich gäbe.

Fernher kam ein Rollen. Es war ein Automobil, dem Geräusch nach, ein schwerer Wagen. Hugo stieg von seinem Sitz herunter. Er dachte, erst den Motor anzukurbeln. Aber das hatte doch keinen Sinn. So öffnete er nur das Motorgehäuse und starrte aufmerksam hinein, als ob irgendetwas zu kontrollieren wäre. Er drehte der Straße den Rücken. Der Wagen sauste vorbei.

Hugo atmete auf. Es hätte geschehen können, dass die anderen still gehalten, sich erkundigt, ihm Hilfe angeboten, im Glauben, dass er eine Panne habe. Während er jetzt um den Wagen herumschritt, hörte er Tritte. Ein Mann kam näher, der einen Steinkrug über die Schulter hängen hatte. Er war offenbar etwas betrunken. Direkt vor dem Wagen blieb er stehen, starrte eine Weile wortlos nach dem offenen Motorgehäuse und sagte dann: »Ja, ja, da kommt man zu Fuß oft noch schneller nach Haus als mit dem Automobil.«

Als ihm Hugo keine Antwort gab, brummte er und ging weiter. Hugo war die Gegenwart des Betrunkenen fast als eine Wohltat vorgekommen. Nicht als ob ihn seine Stimme entzückt hätte, aber solange jener jetzt vor ihm auf der Straße war, konnte doch nichts geschehen.

Er fühlte deutlich, wie feig er im Grund war. Aber er wusste auch, dass er sich in einem Zustand befand, den er überwinden konnte.

Er dachte plötzlich an die beiden Versicherungspolicen. Er hatte sie in den Schreibtisch gelegt, oder waren sie bei den Akten liegen geblieben? Aber Friedrich würde sie gewiss sofort finden. Er war unendlich froh, dass er diesen Freund hatte. Er würde gewiss am Morgen antelefonieren. Vielleicht war aber um jene Zeit das Gerücht vom Unglücksfall schon in der Stadt verbreitet. Wenn er noch vor Mitternacht gefunden würde, dann ... der Atem stockte ihm plötzlich. Er sah etwas Schreckliches. Wenn er nicht tot, sondern nur zum Krüppel geschunden in das Spital gebracht würde, wenn er dann nicht mehr die Möglichkeit hätte, sich das Letzte anzutun? Wie entsetzlich konnte das werden. Er dachte nicht an die Schmerzen, sondern an eine lange Ohnmacht, aus der er in einem Spitalbett erwachte. Antoinette neigte ihr schönes, junges Gesicht über das seine, das verstümmelte, und er musste nach aller Not dieser Nacht entsetzt wieder zum Leben erwachen.

»Lieber Gott, nur das nicht!«, stammelte er. Sein mageres, glattrasiertes Gesicht mit den merkwürdig verwitterten Partien um die Augen hatte einen erschreckend naiven Zug bekommen. Wie entsetzlich unsicher diese Existenz war. Noch im Tod musste er sich ganz dem Zufall anvertrauen.

Antoinette wachte jetzt noch. Er sah auf die Uhr. Es ging auf dreiviertel elf. Er war also kaum ein paar Minuten auf diesem Platz. Wie sie jetzt zu Hause auf ihn wartete, mit brennender, nervöser Ungeduld. Antoinette verstand alles, nur nicht zu warten. Sie würde über sein Ausbleiben in hellen Zorn kommen; aber nie dachte sie an das, was geschehen musste.

Es tat ihm wirklich wohl, dass er es für sich und als ein Geheimnis hatte behalten können.

Er schloss wieder das Motorgehäuse und kurbelte an. Er fuhr jetzt doch vorwärts, aber ganz langsam. Er gab sich kaum Rechenschaft darüber, was er in diesem Augenblicke tat. Plötzlich war er mitten unter dem Rundbogen des Viaduktes. Der Widerhall tönte hohl. Nun fuhr er wieder langsam auf die Straße und jetzt kam ihm wie in einer Vision die Stelle zum Bewusstsein, an der er scheitern musste ... Da war die Steinmauer auf einem Raum, der nicht breiter war als ein Meter, in die Straße hineingebaut. Hugo sah ganz deutlich die grauen Quadern.

Er beugte sich auf das Steuer, schob die zweite Geschwindigkeit ein. Er war wie auf der Flucht. Häuser tauchten auf. Er kam wieder in ein Dorf. Mitten auf einem Platz war ein Brunnen. Hugo fuhr um den Brunnen herum und auf dem Weg, den er gekommen war, zurück.

Seine Gedanken waren jetzt nur bei Antoinette. Der Abend, den er mit ihr verbracht hatte, schien ihm unendlich weit zurückzuliegen. Es kam ihm vor, als lebte er schon jetzt in einer ganz anderen Welt. Zugleich empfand er eine grauenhafte Leere in seiner Brust. Irgendetwas hätte er ihr noch sagen, durch irgendein Wort ihr noch ausdrücken müssen, mit welch furchtbarer Gewalt des Gehirns, des Herzens, und welcher betäubenden Sehnsucht seines Blutes er an ihr hing. Aber er war dann ja ganz still weggegangen. Er sah Antoinette wieder zum Klavier zurückgehen. Sie war ganz ahnungslos gewesen. Aber hätte er sich nicht noch einmal umdrehen, sie noch einmal in seine Arme nehmen sollen?

Vielleicht hätte er dann das Wort gefunden. Aber wäre es ihm eine Erleichterung gewesen?

Wieder tönte das Echo hohl. Ach ja ... da war ja der Viadukt. Er war jetzt fast ohne einen besonderen Gedanken, sondern gewohnheitsgemäß, wie er diesen

Weg schon hundertmal gemacht hatte, darunter durchgefahren. Er überlegte: »Wenn ich jetzt noch einmal nach Hause führe, die Straße langsam überquerte, dann könnte ich vielleicht noch das Licht in ihrem Schlafzimmer sehen. Dann wäre ich noch einmal näher bei ihr.«

Ja, das wollte er tun, aber es musste die letzte Grenze sein, die letzte.

Wie in einem mächtigen Jubel hastete er zurück. Nacheinander kamen ihm drei Automobile entgegen. Er fuhr mit großer Schnelligkeit. Der Wind pfiff ihm ins Gesicht, gespensterhaft sausten Villen, Gärten, Dörfer an seinem Auge vorbei. Wie in einem wilden Kampf stürmte er gegen die Stadt. Seine Brust wölbte sich in einem wohligen Behagen. Er vergaß den Tod, die Angst über diesem Lauf, bis er in die große Allee am Quai einbog. Langsamer fuhr er weiter, lenkte in die Straße ein. Die ganze Fassade des Hauses war dunkel.

Er war enttäuscht. Sie hatte also nicht gewartet, sie schlief schon. Oder war sie noch im Salon? Er fuhr in die Nebenstraße, hielt an, richtete sich auf, aber die Veranda war dunkel.

Durch Querstraßen kam er wieder in die Allee. Er war entgeistert. Mutlos. Wenn er nur das Licht gesehen hätte. Was wäre es ihm für ein Trost gewesen. Er wurde misstrauisch, eifersüchtig. Ein stechender Schmerz brannte ihm in den Schläfen.

Er fuhr jetzt wieder auf der Landstraße. ›Warum hat sie nicht gewartet?‹, quälten ihn seine Gedanken. Da sah er sie plötzlich mit offenen Augen im halbdunkeln

Zimmer liegen, von tiefer schmerzender Sehnsucht durchbebt. Beide Hände hatte sie unter den Kopf gelegt, den Blick starr gegen die Decke gerichtet, in die die Helle von der Straße her einen blassen silbernen Saum malte.

Und auf einmal sah er sie am Kap Martin auf einer Hotelterrasse sitzen. Es war Januar und die Luft dennoch mild und warm. Das Meer lag wie tiefblaue Changeantseide und die Palmen im Garten standen regungslos und mit starrer Schwere. Der Schein der Sonne aber war so weiß wie ein Kristall. Und in diesem Sonnenfeuer war Antoinette in einem weißen Kleid mit einem großen Hut mit gelben Rosen. Sie lag auf der Chaiselongue ausgestreckt und schlürfte Eiskaffee mit einem Strohhalm.

Und Hugo saß vor ihr, fächelte ihr mit einem japanischen Fächer Kühlung zu und war dabei von einem so weichen schläfrigen Glück erfüllt, das ihm nichts auf dieser Erde mehr diesen Zustand ändern zu können schien. Sie waren dann wieder hinunter nach dem Strand gegangen ... oder vielleicht waren sie auch den ganzen Nachmittag bis gegen Abend auf der Terrasse sitzen geblieben. Jedenfalls aber zogen draußen auf der blauen Flut ein paar dunkle große Panzerschiffe des französischen Geschwaders vorbei, und Hugo war es so seltsam vorgekommen, was in dieser Welt des Friedens und des heißen blauen Lichtes, diese grauen, düsteren Kolosse für einen Sinn haben sollten.

Hugo hatte dies vor zwei Jahren erlebt. Er schaute es jetzt aber in einer solchen Ferne, als läge eine

Unendlichkeit zwischen jenem und dem heutigen Tag. Aber Antoinette würde im kommenden Winter gewiss wieder nach dem Kap Martin kommen oder vielleicht nach Beaulieu, was ja alles möglich war. Vielleicht ruhte sie sich von all dem Schweren erst an den oberitalienischen Seen aus. Hugo war sich nur nicht klar, ob ihr Schwarz stehen würde, denn er erinnerte sich nicht, sie in dieser Farbe gesehen zu haben.

Wenn er aber in seinem Leben bescheiden geblieben wäre, wenn nicht diese Rolle hätte spielen wollen, die ihm heute das Genick brach, dann hätte er glücklich sein können, heute wie am ersten Tag. Hatte er nicht gehandelt wie ein wüster Spieler? Hatte er denn die Nötigung gehabt, sich Geld zu erwerben? Nein, er hatte nur alles in einem seltsamen, verantwortungslosen Eifer aufs Spiel gesetzt. Hatte er ein Recht, über das heutige Resultat verwundert zu sein? Nein, er hatte es nicht.

Er stand jetzt mit dem Wagen wieder am selben Fleck, wo er vor einer halben Stunde mit sich gekämpft hatte. Er hatte dennoch instinktiv den Motor ausgeschaltet. Der Wagen stand still.

Hugo saß auf dem Sitz zurückgelehnt, starrte dann seitwärts in den Chausseegraben, schloss die Augen, hörte auf das Stampfen der Maschine. Die Schläge waren heftig und tapfer, als ob sie vorwärts drängten. Hugo suchte nach irgendeinem Wort, nach einem Bild, das ihm den Mut für die letzten Sekunden geben sollte. Wie eine Peitsche wollte er das auf sich fühlen, wie einen Stachel, der ihm ins Fleisch schnitt und ihn jagte.

Er wartete, zählte die Atemzüge, aber es half nichts,

er kam nicht vorwärts. Sein Wille war wie gelähmt. Mit den Händen umkrampfte er das Steuer, sein Mund ging wie über einer heißen, inbrünstigen Rede auf und zu. In seinen Augen lohte ein entsetzter, verzweifelter Glanz. Und, als ob er mit der dunkelsten Kraft des Schicksals redete, flehten seine Gedanken um ein Zeichen. Zusammengekauert saß er da, als ob ihn die Not seines Herzens zu einem Klumpen Elend geballt hätte. Auf seiner Brust lag es gelagert wie die Last eines Berges, in seinem Gehirn brannte es wie der Schmerz der ganzen Welt. Namenlos verlassen, die Verzweiflung wie Dornen im Fleisch, war er da einsam auf der Landstraße.

Und er selbst war schuld an diesem wahnsinnigen, erwürgenden, bitteren Kummer.

Da fasste ihn plötzlich eine schäumende Wut. Gegen sich selbst, gegen das Schicksal, gegen Gott und die Welt lehnte er sich auf. Mit einem Ruck schob er die große Geschwindigkeit ein und der Wagen begann zu rasen.

›Brav‹, dachte er, ›brav, wie er läuft‹, er biss sich auf die Zähne, kreischte heiser, als ob er auf einem Pferd säße, das er zu einem furchtbaren Sprung begeistern müsste. Sein Blut stand im Gesicht. Der Schweiß floss ihm über den Rücken. Wirre Schreie stieß er aus, die im Sausen der Maschine untergingen ...

Jetzt musste es kommen ... hundert Meter vor sich sah er das Ziel ... Mut! Mut! flehte eine Stimme in ihm ... jetzt ... jetzt ... jubelte, jammerte sein Gehirn ... da griff seine rechte Hand nach dem Hebel, riss ihn zurück, der Wagen wollte sich bäumen, Steine flogen, Staub stob nach links und rechts. Die Gewalt riss den Wagen herum ... er stand quer in der Straße.

Hugo beugte sich atemlos über das Steuer. Ein grässliches, würgendes Schluchzen brach ihm aus dem Hals. Er hatte es nicht vermocht, er hatte nicht die Kraft gehabt. Über das Steuer geneigt weinte er leise in seinem Zorn, in seiner Verzweiflung.

Hatte je ein Mensch einen so schweren Tod gehabt, hatte er es verdient, so entsetzlich zu leiden? Er war ganz geknickt. In der Ferne hörte er Geräusch. Er wollte den Wagen herumdrehen, aber er musste erst ankurbeln ... dann fuhr er langsam zurück. Eine große Limousine holte ihn ein, schwere Lederkoffer lagen auf dem Dach der Karosserie.

»Kann ein Mensch, der bei gesunden Sinnen ist, sich umbringen? Kann er es?«, ging's durch sein müdes gemartetes Gehirn. Man müsste krank sein zu solcher Tat. Man müsste irrsinnig sein, oder betrunken, oder von irgendeinem teuflischen Gifte verhetzt und wirr gemacht.

Aber er sah ja noch die Welt mit klaren Augen, seine Nerven empfanden die ganze laue Süße dieser Sommernacht ... und er musste sterben, musste all dies verlassen ... oh, wenn Antoinette nicht wäre, wenn er Talent, Kraft hätte, aber er war ein Mensch, ohne das Talent des Erwerbens, es lag nicht in seinem Blut ... er hätte sich geschämt, bitter geschämt, bettelarm zu sein, konnte er etwas dafür, dass es nicht in seiner Bestimmung lag?

Er war jetzt ruhiger geworden. Wie ein Pferd, das das Hindernis um jeden Preis nehmen soll, stellte er den Wagen wieder auf die Richtung ein. Eine Weile hielt er wieder lautlos still und horchte mit einem ganz kindlichen Gesichtsausdruck auf das Rauschen seines Blutes.

›Liebling ...‹, flüsterte er leise ... ›Liebling!‹ Sein Mund lächelte, sie würde ihm gewiss Mut machen, würde ihm helfen. Er sah sie vor sich auf dem Diwan liegen, er schob ihr die Erdbeeren in den Mund ... sie aß langsam und bedächtig wie ein Kind ... dann legte sie sich zurück ... er sah ihren Mund, diesen verzweifeltschönen Mund ... sie wölbte ihre Lippen, hob ein wenig den blonden Kopf und raunte leise, verlangend: »Komm ... du komm!« Er hörte diesen verschleierten Ton ihrer Stimme, der ihn so schwach, so erregt, so taumelnd selig machte.

Er griff an den Hebel. Der Wagen fuhr an. Als ob seine Lippen auf den ihren lägen, bog sich sein Mund. Verzweifelte, heisere Schreie der Liebe stieß er aus, als ob sie die Unendlichkeit wäre und er ihr in wahnwitziger Gewalt entgegenführe. Tränen rannen ihm aus den Augen, wie einer vor Inbrunst und Verlangen weint. Jetzt sah er das Dunkel vor sich. Den harten grausamen Stein. Noch zwanzig Meter ... ein paar Atemzüge ... Wie in der Ekstase der Umarmung glühte sein Blick, wie eine unendliche Flamme brannte sein Herz vor Angst, Entsetzen, Leidenschaft und vor Liebe, vor Liebe.

Staub, Feuer stob auf. Zugleich traf ihn ein Schlag

ins Gesicht, dass ihm die Augen aus den Höhlen flossen und die Stirn nur noch eine trübe Masse war.

Der Wagen lag rings zertrümmert auf der Straße.

Der Arzt konstatierte bei der Autopsie, dass Hugo beim Anprall nicht nur das Gesicht, sondern auch der Brustkorb eingedrückt worden war. Der Tod musste also fast unmittelbar eingetreten sein. Jedenfalls war die Zeitspanne von der Katastrophe bis zum Ende kaum größer als wenige Minuten.

Das Phantom

Georg saß neben ihr auf der Bank und hörte auf die Spaziergänger, die vor ihnen vorbeischritten. Wenn es schönes Wetter war, machte er mit Fernande jeden Abend gegen fünf den Weg vom Hotel her am See entlang. Am Anfang hatte er ganz mechanisch seine Schritte gezählt und war dann mit ihr auf die Bankreihe eingebogen. Jetzt hatte er es schon im Gefühl. Es war etwas ganz Undefinierbares, Merkwürdiges, was ihm anzeigte, dass sie jeweils am Ziel waren. Er hielt dabei Fernande nur leise am Arm, fast war es eine Spielerei für sie beide geworden, dass sie in einem bestimmten Moment den Druck seiner Hand spürte, die sie nach links gegen die Anlage zog. Er erriet es trotz der ziemlich weiten Distanz fast auf den Meter. Manchmal dachte er, es sei eine seltsame Übertragung der Gedanken von ihrem Gehirn zu dem seinen. So eine Art von Wellenverbindung. Es schien ihm auch oft - und er empfand es jetzt viel tiefer als früher - als ob er direkt ihre Überlegungen und Ideengänge fühlte. Er hatte ja zwar auch fast nichts anderes mehr zu tun als, sich mit ihr zu beschäftigen.

Vom See her kam ein leiser Wind. Zugleich roch es nach Fischen. Es war sehr warm. Georg hatte den Hut neben sich auf die Bank gelegt und ließ sich jetzt die Sonne auf die Stirne scheinen. Er empfand die Hitze wie eine wohlige angenehme Bestrahlung, und merkwürdig, in den Augenhöhlen, wo das Licht durch das violette Glas seines schwarzumränderten Zwickers fiel, fühlte er eine noch tiefere fast durchdringende Wärme auf der Haut.

»Sind viele Boote auf dem See?«, fragte er Fernande und neigte ein wenig den Kopf zu ihr hinüber.

»Ja, auch ein paar Segelboote, aber sie stehen fast still«, erwiderte sie leise und ein wenig schläfrig.

»Es geht ja auch fast kein Wind«, setzte er hinzu.

Sie saßen wieder schweigsam. Er fühlte, wie sein Arm den ihren berührte. Es tat ihm wohl dadurch eine leise Versicherung ihrer Gegenwart zu haben. Seine Gedanken hingen dabei an ihr mit einer ruhigen und doch starken Intensität. Er formte in seiner Vorstellung ihr Bild. Er wusste, dass sie einen kleinen Hut trug. Er war mit ihr vor ein paar Tagen bei der Modistin gewesen, hatte die Form des Hutes betastet und ihn ihr dann aufgesetzt, und Fernande hatte hell aufgelacht über die Sicherheit, mit der er diesem kleinen Hut auf ihrem dunkelblonden Kopf die richtige, etwas nach rechts geneigte Position gab. Er sah auch jetzt ganz deutlich ihren von der Hitze müden Gesichtsausdruck, ihre von der Sonne geblendeten, halb geschlossenen Augen, die vor sich auf den Quai wie auf ein weißes Feld sahen.

»Auf ein weißes Feld«, dachte er wieder. Es war ihm selbst, als hätte er die vielen Sonnenflecke, die grünen Reflexe der Kastanienblätter und den Abglanz roter Sonnenschirme, das warme Geflimmer heller Kleider und das blaue und wieder tief dunkel strahlende Bild der Seefläche, als hätte er dies alles auf die Innenwand seiner Stirne projiziert. Und inmitten von all diesem

Bunten und Leuchtenden sah er sich selbst neben Fernande auf der Bank sitzen. Etwas hilflos und eingeknickt, trotzdem er sich eigentlich Mühe gab, noch ordentlich stramme Haltung zu haben. Die vorbeischritten sahen wohl nur die Gläser wie violette Punkte in seinem Gesicht und fühlten vielleicht aus irgendetwas Unbestimmtem und nicht zu Sagendem: »Da ist eine junge Frau mit einem kranken Mann«

Ein Junge hatte sich sogar neulich, als Fernande für einen Augenblick nicht zugegen war, neben ihn auf die Bank gesetzt und ein Gespräch mit ihm angefangen. Erst hatten sie vom Rudern gesprochen und plötzlich hatte der Kleine gefragt: »Bitte schön, wieviel Uhr ist es?«, worauf Georg bis unter die Haarwurzeln bleich geworden war und bebend geantwortet hatte: »Ich habe leider keine Uhr bei mir ...« Der Junge hatte aber seine Gedanken oder etwas Ähnliches erraten und plötzlich leise gesagt: »Ach so ...« Dann war er aufgestanden und etwas verlegen weggegangen.

Georg überlegte jetzt: »Ich gehöre nun zu den Wesen, vor denen man verlegen wird ... Er fasste plötzlich Fernandes linke Hand und drückte sie leise. Statt dass er aber ihren Gegendruck spürte, hörte er sie sagen: »Da kommt Tott.« Ihre Stimme klang munter, als ob sie eben aus ihrer Lethargie aufgewacht wäre. Georg hörte Schritte, er kannte Tott am Tritt. Er ging nicht eben rasch, so dass zwischen zwei Tritten ein ziemlicher Intervall war.

Da kam auch schon seine Stimme: »Guten Abend«, sagte er. Er sprach jede Silbe deutlich aus mit einem leicht singenden schwedischen Akzent.

Georg hatte es ganz im Gefühl, dass Tott Fernande zuerst die Hand gab und sie ihm jetzt entgegenstreckte. Er legte auch die seine hinein, die der Schwede etwas heftig drückte. Dann setzte er sich zu Georgs Linken.

»Sie kommen vom Baden?«, fragte Georg. Er empfand deutlich den Geruch des frischen Wassers, den der andere ausstrahlte. Er zog sein Etui heraus und bot ihm eine Zigarette an. Er steckte sich auch selbst eine in den Mund. Dabei hörte er, wie der andere ein Streichholz anzündete.

»Du ziehst ja zu früh«, lachte Fernande.

»Entschuldigen Sie«, sagte Tott, »ich habe mir die meine zuerst angezündet.« Georg fühlte jetzt, wie ihm das brennende Streichholz näher kam. Er hatte dabei die Empfindung, dass ihm die beiden anderen aufmerksam zuschauten. Zugleich fühlte er, dass er wieder blass geworden war - bei jeder dieser Situationen, die sich oft täglich und stündlich wiederholten, hatte er den Angstschweiß auf der Stirne. Nur wenn er mit Fernande allein war, vermochte er über die kleinen Ungeschicklichkeiten, die ihm aus seinem Zustand erwuchsen, zu lachen. Wenn Gesellschaft da war, wurde er so verlegen wie am ersten Tage.

Tott war im Sonnenbad gewesen. Er konnte darüber lange und ausführlich sprechen. Fernande war unterdessen schweigsam. Georg dachte dabei: ›Er ist doch so diskret, dass er sich zu meiner Linken setzt.‹ Er fühlte sich jetzt von der grellen Sonne etwas müde und lehnte sich zurück. Da war ihm, als hätte er Totts Arm berührt, der hinter seinem Rücken und der Banklehne zu Fernande hinüberging.

Nur während einer Sekunde hatte er diese Wahrnehmung. Das Wort blieb ihm in der Kehle stecken.

Es war plötzlich sehr still.

Georg fühlte, wie ihm Schweißperlen über die Stirne rannen. Ein leises Würgen kroch ihm in den Hals. Ein Zerren, das ihm aus der Brust herauf in die Luftröhre stieg. Aber vielleicht war es nur Täuschung gewesen. Vielleicht hatte Tott seinen rechten Arm auch nur über die Banklehne hängen gehabt.

Da sagte Tott plötzlich: »Ich möchte segeln gehen, aber seit acht Tagen ist der Wind flau …« Sie sprachen jetzt alle drei vom Segeln. Georg war es, als ob, trotzdem er am Gespräch angeregt teilnahm, die Worte nur von ferne kämen. Er hatte ein Gefühl, dass ihm etwas furchtbar Schmerzhaftes plötzlich bewusst geworden sei. Wenn er aber ihre ruhigen etwas schläfrigen Stimmen hörte, versank für Augenblicke wieder aller Argwohn. Er war fast glücklich, das Furchtbare und Lähmende aus seinem Gehirn zu verjagen.

Ein Zeitungsjunge lief vorbei. Tott kaufte sich ein Blatt und begann die offiziellen Berichte vorzulesen. Ein Land nach dem anderen kam an die Reihe. Fernande und Tott diskutierten die Zukunft von Polen. Georg schien ihr Gespräch übereifrig und forciert. Es war ihm, als ob die beiden da eine erwünschte

Ablenkung gefunden hätten. Er atmete mühsam und zugleich erregt. Es erschien ihm plötzlich, als sei er in einer schrecklichen Lage, als müsste irgendetwas geschehen, um ihn daraus zu befreien.

Zugleich kam er sich in seinem Zustand ganz ratlos vor. Hatte er denn ein Maß für dies alles, hatte er vor allem Gewissheit? Würde er überhaupt je so weit kommen, Gewissheit zu haben? Er horchte jetzt wieder auf die Spaziergänger. Er kannte ihr Alter, ihre Temperamente schon am Tritt. Ein paar Wochen Übung hatten genügt, ihm diese Erkenntnis beizubringen.

Dazu kam vom See her wieder deutlicher dieser Geruch von Fischen. Er erinnerte ihn an Kindertage, wo er an einem Weiher gesessen und tagelang geangelt hatte. Dann hatten abends seine Hände immer so stark nach Fischschuppen gerochen. Dieser selbe Geruch kam jetzt mit dem Wind aus dem Wasser herauf.

Er sagte ganz unvermittelt: »Wollen wir nicht zurückgehen?«

»Wie du willst«, antwortete Fernande. Ihre Stimme hatte ganz erstaunt geklungen. Georg war aufgestanden. So weit ging sein Wille und seine Kraft. Jetzt aber stand er da und fühlte plötzlich seine Ohnmacht. Er wusste, dass vor der Bank kein Geländer war, dass eine schräge Backsteinmauer hinunter ins Wasser ging. Das gab ihm eine gewisse Unsicherheit. Er fühlte sich in diesem Augenblick, so peinlich es auch war, auf die beiden anderen angewiesen.

Tott nahm ihn bei seinem linken Arm. Sie schritten

nun der Anlage entlang zurück. Fernande ging zur Rechten und sagte: »Es wird ein schöner Abend werden.« Sie sprach in einem etwas monotonen Tonfall, als ob sie dabei an etwas ganz anderes dächte.

Georg hatte plötzlich die Idee, als ob solche Worte zwischen den beiden eine Art von Geheimsprache sein könnten, durch die sie sich Zeichen gäben für irgendeine Verabredung.

Dann kam es ihm wieder unmöglich vor. Fernande war den ganzen Tag um ihn und des Abends war ein Abkommen noch weniger gut möglich. ›Aber‹ dachte er, ›wenn es wirklich in ihrem Willen läge ...?‹

Er hörte vor sich ein Hündchen bellen. Es gingen jetzt viele Passanten vorbei. Er hörte Englisch, Deutsch, Russisch, Französisch, dann auch Schweizerdeutsch sprechen.

Jetzt rasselte von fernher ein Tramway. Es donnerte dumpf. Man kam bald zur Brücke.

Es war Georg trotz allem angenehm, von Tott geführt zu werden. Es hatte den Eindruck, als ob es nur so aussehe, als ob ein Herr einem anderen den Arm gäbe. Das war an sich vielleicht ungewöhnlich, aber sie gingen beide im selben Tritt, sprachen dabei angeregt, und es war das einer der wenigen Momente, wo er sich ganz unwillkürlich und instinktiv unter all die hier promenierenden Menschen einreihte, wo er die schmerzlichen Beschränkungen, die ihm sein Zustand auferlegte, vergaß.

Tott sprach davon, wo man am kommenden Tag den Tee trinken könnte und, während er den Kopf drehte, und zu Fernande hinübersah, - Georg empfand das deutlich durch den veränderten Klang der Stimme - sagte er: »Wir können von der Drahtseilbahn aus im Tramway direkt in die Halle des Hotels fahren ...« Georg dachte dabei: ›Ich gehe jetzt vielleicht mit dem Liebhaber meiner Frau Arm in Arm spazieren. Dabei bin ich ihm noch dankbar dafür, dass er mir wie eine Krücke ist, die mich durch den Strom der Passanten bringt, ich bin glücklich dadurch sozusagen unbemerkt hindurchzukommen, denn wenn mich Fernande führte, würden mich manche ansehen, andere sich nach mir umdrehen, es wäre alles viel peinlicher.‹

Er blieb plötzlich stehen und machte eine Geste mit der rechten Hand. Er spürte, wie Fernande gleichfalls neben ihm stillgestanden war und offenbar irgendein Wort von ihm erwartete. Auch Tott hatte für einen Augenblick seinen Arm sinken lassen. Er stand frei aufgereckt da. Da hörte er hart neben sich ein Sausen, eine Automobilsirene gab einen schreienden Pfiff. Schon war es vorbei. Er hatte das Gefühl, als wäre er, hätte er nur zwei Meter weiter links gestanden, unter die Räder gekommen. Er hatte deutlich den Luftstrom gespürt, ein Frösteln ging ihm über den Rücken. Dieses Plötzliche, Unbekannte, Gefahrvolle, nahm ihm alle Kraft. ›Ich werde noch einmal auf der Straße zugrunde gehen‹, zuckte es ihm durch den Kopf. Er zog die Schultern wieder ein, seine Geste gegen Tott und Fernande sank ohnmächtig in sich zusammen. Ein bitterer Geschmack kam ihm in den Mund.

»Was ist?«, hörte er Fernande fragen.

»Nichts«, sagte er, »ich habe nur etwas Kopfschmerzen.« Sie schritten weiter. Man musste jetzt die Straße überqueren. Es roch nach Staub und Asphalt.

Sie schritten am Hotelgarten entlang. Georg fühlte sich geborgener. Je mehr er sich dem Hotel näherte, umso sicherer war er. Er kam da in eine Domäne, die er schon sehr gut kannte. Er liebte dieses Hotel und seinen Garten auch darum, weil er früher einmal mit seiner Mutter auf der Durchreise hier gewohnt hatte. Er hatte aus jener Zeit, wenn auch keine klare, so doch eine allgemeine Vorstellung davon.

Das Teekonzert war zu Ende. Das Orchester spielte eben den Schlussmarsch. Sie setzten sich auf die überdeckte Terrasse.

»Wie das Laub der Bäume schon gelb wird«, sagte plötzlich Fernande. Georg hatte den Kopf gehoben. Das Rauschen eines Seidenkleides kam vorbei, dazu die Atmosphäre eines milden Parfüms.

Tott sprach über die Situation in Schweden, von den Störungen des Handels und dem Schaden der Schifffahrtsgesellschaften, dann erzählte er weitläufig von Finnland. Wenn er ihn so reden hörte, hatte Georg trotz allem ein Gefühl der Beruhigung. Tott war ein einfacher, gerader, gutmütiger Mensch - sein einziges oder wenigstens sein einzig bekanntes Laster war, dass er sich von Zeit zu Zeit einmal furchtbar betrank - nach aller Wahrscheinlichkeit aber war er Fernande gegenüber kühl und bedächtig.

›Aber‹, dachte Georg plötzlich: »bin ich nicht vor

aller Welt den Frauen gegenüber immer kühl gewesen. Haben sie nicht darum Zutrauen in mich gehabt? Habe ich nicht gerade darum Frauen gekannt, auf deren Treue die ganze Welt geschworen hätte?‹ Er erinnerte sich plötzlich einer seltsamen Situation. Er sah sich mit einer jungen, blonden Frau im Garten einer Villa sitzen. Es war Ende April und im Süden schon sehr warm. Die junge Frau erzählte eben: »Ich lag auf dem Diwan, als er ins Zimmer trat.«

Dann kam die Geschichte mit dem Brief. Ihr Mann nahm durch einen Zufall ihr Retikule in die Hand und zog einen Brief heraus. Sie war aufgesprungen und wollte ihn ihm entreißen. Er verstand und sie begannen zu ringen. Sie schrie auf, dass die Dienstboten daherliefen. Er aber war stärker als sie und entriss ihr das zerknitterte Papier. Dann las er, fragte dumpf, als ob er es noch nicht für möglich hielte: »Wer hat diesen Brief geschrieben?« Sie antwortete nicht. Saß da wie ein verstocktes Kind. Darauf sank er auf einen Stuhl und hielt sich beide Schläfen ... »Wissen Sie«, hatte die junge Frau gefragt, »was ich für einen Eindruck hatte - trotz aller Angst?«

»Was für einen?«

»Dass er überlegte, wie man sich in dieser Situation benimmt ...«

Eine Viertelstunde später war ihr Mann selbst zu ihnen in den Garten getreten und hatte Georg die Hand gegeben. Die Frau war ins Haus gegangen. Sie hatten zusammen gesprochen und Georg fühlte, dass es dem anderen eine Wohltat war. jemand zu haben, mit dem er reden konnte. Er war ja so unglücklich. Und Georg tröstete ihn und dachte dabei: ›Es ist kein Abenteuer mit einer Frau so viel wert, dass man einem Menschen so weh tut.‹ Sie machten am folgenden Tag einen Ausflug nach Cannes. Das waren jetzt sechs oder sieben Jahre her - Georg überlegte heute: ›Es wiederholt sich alles ... es liegt eine Gerechtigkeit im Schicksal ... ich wäre heute so ratlos wie jener. Was müsste ich tun, was müsste ich um Gottes willen tun?‹

Er sah wieder Fernandes blonden Kopf - ihre kleine, etwas stumpfe Nase. Nein, sie war doch eine andere Art von Weib. Sie hätte nicht die Fähigkeit gehabt, ihn im Augenblick solcher Not mit jener instinkthaften, kindlichen Grausamkeit, zu beobachten, es läge auch gewiss nicht in ihrer Natur, ihn in eine solche entsetzliche Lage zu bringen. Er war dessen gewiss, davon überzeugt, er hatte ja auch keine absoluten Beweise, die ihn veranlassen konnten, das Gegenteil anzunehmen, nein, er hatte sie nicht ... aber er fühlte, wie ihm jetzt vor Erregung alles Blut im Gehirn stand, wie ihm der Puls gegen die Schläfen hämmerte, auf den Atem drückte ... er hatte Angst, wirklich Angst ...

Da hörte er plötzlich ihre Stimme: »Du ... Tott will sich verabschieden ...« Wie aus einem Traum, wie aus schrecklichen und geheimnisvollen Gedanken fuhr er auf, drückte Tott fast überschwänglich die Hand und sagte: »Nicht wahr. Sie kommen morgen wieder ...« Er hatte ein Gefühl, als ob er damit alles beschworen, abgewehrt hätte.

»Ja«, sagte Tott, »nach dem Baden ...«

Als er weggegangen, knickte Georg wie in einer großen Erschöpfung ein.

»Du bist müde«, hörte er Fernande sagen. Ihre Stimme klang gütig und sanft. Und sie fuhr fort: »Der Spaziergang hat dich etwas angestrengt ...«

»Ja«, antwortete er, »er hat mich angestrengt ...« Es war ihm, als ob er damit ihre Gedanken abgelenkt hätte. Das war sehr gut, er konnte sich doch nichts merken lassen, das hatte gar keinen Sinn, dazu schämte er sich fast, einen solchen Verdacht zu haben. Fernande würde vielleicht hell auflachen, wenn sie diese seine Überlegungen ahnte.

Es war ihm, als hätte er jetzt vor allem die Pflicht, seine Phantasie im Zaun zu halten und sich nicht ins Grenzenlose und Abgründige zu verirren. Er hatte gewiss keinen Grund, gewaltsam in seinem Gehirn einen Konflikt zu konstruieren, für den er wirklich keine zwingenden Voraussetzungen besaß. Hatte er nicht im Gegenteil Fernande unendlich dankbar zu sein? Seit er in diesem Zustand aus dem Feld zurückgekehrt war, hatte sie ihn mit allem Zartgefühl, zuerst wie ein hilfloses Kind, gepflegt - dann ihm mit aller Geduld und Hingabe geholfen, sich in dieser, seiner neuen Existenz zurechtzufinden, nie hatte er Ungeduld in einer Geste, nie Enttäuschung im Tonfall eines Wortes gehört, trotz der schrecklichen, grauenhaften Katastrophe, die es schließlich doch war.

Nein, er wollte jetzt glücklich sein, dass er noch atmete, dass er diese junge Frau, die er mit der ganzen Kraft seines Gefühls liebte, besaß - er wollte froh sein, dass es ihm noch vergönnt war, unter dem Glasdach einer Hotelterrasse zu sitzen, aus der Ferne Stimmen wie etwas Geheimnisvolles zu hören, das Parfüm einer vorbeirauschenden Frau zu empfinden und die Atmosphäre einer Welt, in der er sich wohl gefühlt hatte. Er lebte doch noch, wenn er die ganze Ekstase dieses Daseins auch nur durch graue Schleier empfand und wie etwas, das nur gedämpft, in gebrochenen Strahlen in seine Vorstellung drang, er konnte es trotz allem doch fühlen, konnte sich nach seinem Geschmack und wie ein Künstler ein Bild daraus formen, konnte die Züge nehmen, die ihm passten und wohltaten, das Leben rauschte trotz allem an ihn heran, wie eine farbige Symphonie, die ihm hinter einem Vorhang, manchmal meinte er auch nur vor der Wand seiner Stirne, gespielt würde. Bei all dem hatte er Fernande. Er konnte ihre Hände fühlen, die sich ihm in den Augenblicken des Schmerzes und den Momenten der atemlosesten Leidenschaft auf das Gesicht und die Schläfen legten. Er fühlte, dass er sie jetzt heißer, schmerzhafter, tiefer liebte als je, dass sie ihm alles war, den ganzen Kreis seiner Qualen und Sehnsüchte ausfüllte. Ein Jubel quoll in ihm auf, etwas ganz Unbändiges, es riss ihn vom Stuhl auf.

»Was ist?«, stammelte Fernande ganz erschrocken.

»Wir wollen hineingehen«, sagte er und lachte darüber, dass er sie erschreckt hatte, dass er überhaupt noch jemanden erschrecken konnte.

Er nahm jetzt ihren Arm, ihren schmalen und doch weichen Arm und sie traten über den Platz ins Vestibül des Hotels. Ein paar Stimmen, die eben noch laut gesprochen hatten, tuschelten plötzlich ganz leise.

Georg raunte zu Fernande »Sie erzählen sich jetzt unsere Geschichte.« Dabei neigte er sich zu ihr nieder wie ein Verliebter. Sie lachten beide vergnügt wie Kinder und stiegen langsam die große Treppe hinan.

Georg lag im Bad. Das lauwarme Wasser tat ihm wohl. Es gab nichts, das ihm seine Laune so angenehm temperierte wie das Morgenbad. Die Stunden des Vormittags waren ihm überhaupt die glücklicheren. Man hielt sich dann meist in dem kleinen Appartement auf, das sie im Hotel bewohnten. Da bewegte er sich schon ganz ohne die geringste Verlegenheit. Er wusste, wo jeder Gegenstand lag, hatte die Distanzen, die Stellungen der Möbel ganz im Gefühl und war da auf einem Feld, das ihn außerordentlich beruhigte, ihn zuweilen ganz stolz machte. Ohne Hilfe kleidete er sich an und aus, band sich seinen Schlips, trank den Tee allein, wenn Fernande noch nicht fertig war, kurz: Er konnte sich so jeden Morgen mannigfache Beweise geben, dass er doch nicht so hilflos, er sagte zuweilen, dass er trotz allem noch ein Mensch war.

Sie besprachen dann meist den Plan des Tages, Fernande las ihm die Zeitungen vor, wie sie es früher schon getan hatte, jedenfalls unterschied sich ihr Verkehr dabei kaum von dem von früher. Georg konnte dabei - wenn irgendetwas nicht nach seinem Wunsch ging - sehr heftig werden und auffahren wie in den guten Zeiten ihrer jungen Ehe.

Es klopfte jemand an die Tür: »Was ist?«; fragte er.

»Der Coiffeur!«; rief Fernandes Kammerzofe.

»Er soll in einer Viertelstunde wiederkommen.« Er hörte das Mädchen draußen reden, dann leise aufkreischen. Georg horchte. Er überlegte: »Der Kerl kneift sie in die Arme.« Fernande hatte gesagt, dass das Mädchen sehr hübsch sei. Sie hatten sie hier in der Schweiz engagiert.

Er lehnte sich wieder behaglich im Wasser zurück, schloss die Lider und dachte unvermittelt an Tott. Er hatte wieder das Gefühl im Rücken, als er seinen Arm streifte. Es war wie ein ganz unheimliches Erschrecken gewesen. Wie ein eiskalter Strom war es ihm durch die Rückennerven gegangen. Er versuchte, es sich ganz genau vorzustellen, wie der Arm gelegen haben konnte. Er hatte jetzt doch den Eindruck, dass er nicht etwa hinter der Lehne herunterhing, sondern dass er mehr waagrecht gelegen hatte.

Dabei war aber zu bedenken, dass Tott etwas gegen ihn gewendet dasaß. Er hörte seine Stimme sehr nah. Jedenfalls näher, als wenn er gegen den See hinaus gesprochen hätte. War nun aber diese Armlage nicht dabei etwas Natürliches gewesen? Er hatte vielleicht den Arm sozusagen instinktiv und betreuend um ihn selbst gelegt.

Diese Überlegungen begannen ihn wieder zu quälen. Er hatte nur das eine Gefühl, dass er davon loskommen musste. Sonst bildete sich da etwas Furchtbares, vielleicht sogar sehr Gefährliches.

Er dachte plötzlich: ›Könnte ich selbst einem Menschen noch gefährlich werden?‹

Draußen rollte das Tramway über die Brücke. Er hörte es wie ein fernes dumpfes Donnern, das aber wie ein leises Beben bis ins Haus, bis in die Badewanne hinein zu dringen schien. Er horchte auf diese merkwürdige Erschütterung. Zugleich sah er wieder Tott. Er lag im Sonnenbad auf dem Bauch und schlief. Tott war jedenfalls ein Mensch mit einem gesunden tiefen Schlaf. Das Starke und Animalische an ihm hatte Georg immer angezogen. Sie hatten ihn in Paris kennen gelernt. Er war ihnen dort von der Frau eines Deutschamerikaners, die von Geburt Münchnerin war, vorgestellt worden. Das war jetzt zwei Jahre her. Sie hatten ihn in Paris zuerst öfters, später nur selten gesehen. An einem Sonntagmorgen begegneten sie ihm in der Avenue du Bois. Tott war trotz einer guten äußeren Haltung so betrunken, dass seine Augen ganz glasig waren.

Fernande fand das abscheulich. Georg, der früher öfters in skandinavischen Kreisen verkehrt hatte, versuchte sie, zu beruhigen. Er erklärte, Tott sei ein Kraftmensch und Idealist. Er trug damals immer ein Buch von Hamsun in der Rocktasche. Georg sah ihn dann lange nicht mehr. Vier Tage vor Kriegsausbruch tauchte er wieder auf. Er schien den Verstand verloren zu haben. Er fuhr den ganzen Tag in einem Taxameter in Paris herum. Georg selbst hatte aus jenen Tagen nur merkwürdig zerrissene Bilder im Gehirn. Fernande war mit Freunden in Dieppe. Er selbst hielt sich in der letzten Juliwoche noch in der Stadt auf. Von Donnerstag ab schickte er Telegramm um Telegramm, um sie hereinzurufen. Freitagnacht wartete er wie ein Verzweifelnder an der Gare du Nord. Die letzten Züge fuhren nach Deutschland und Belgien ab. Er selbst stand in einem dichten Gedränge von Menschen, die die Angst vor dem Krieg schon wie etwas ganz Schweres im Genick hatten und sich dabei vor diesem Zustand wie vor etwas Entsetzlichem und Grauenhaftem zu sträuben schienen. In diese Atmosphäre der Erregung, in die Gluthitze und den Dampf der Bahnhofhalle, wo die Nerven von Tausenden im Feuer marternder Ströme brannten, tönte der Ruf von Jaurès Ermordung. Georg kroch das Grauen das Rückgrat hinauf. Ein gebeugter, halb gelähmter jüngerer Herr stand vor ihm. Er wurde von zwei Damen gestützt und fragte nach dem Nord-Express. Militärzug um Militärzug fuhr ab. In den durch die Lichter fluoreszierenden Dampf kreischten die Pfiffe der Lokomotiven. Georg wurde von einem Strom Reservisten aus dem Bahnhof geschoben.

Erst am anderen Mittag kam Fernande zurück. Er brachte sie sofort zum Genfer Zug. Er selbst fuhr in der Nacht, war am kommenden Morgen schon in Aix. Abends spät in Genf. Dann kam der Abschied von Fernande. Er ließ sie bei ihrer Mutter in Clarens. Er selbst fuhr nach Berlin, wurde eingekleidet, am 16. August morgens 3 Uhr irgendwo in Ostpreußen auf einem Feld ausgeladen, zwischen Wald und Sümpfen. Dann gab es Märsche ... Märsche ... Hunger, Gefechte

... Das war ihm heute schon wie etwas ganz Fernes und Vergangenes. Jedenfalls durchaus nichts Pathetisches. Dann kam die Verwundung bei Tannenberg. Sechs Wochen Lazarett in Berlin. Anfangs Oktober Flandern, dann die Schlacht an der Yser, der dreitägige Sturm auf Dixmude ... Dort fiel es wie ein schwarzer Schleier über ihn. Er hatte nachher nur noch einen Trost: dass er noch lebte. Das schien ihm auch heute, fast ein Jahr später, noch immer das Wichtigste zu sein.

Eine Klingel tönte auf dem Korridor und weckte ihn aus seiner schläfrigen Träumerei. Stimmen klangen draußen und gingen vorbei. Er empfand, wie das Wasser in der Wanne kälter wurde, und läutete. Während ihn der Coiffeur frottierte und in einen heißen Bademantel hüllte, hörte er Fernandes Stimme nebenan. Sie war also aufgestanden, trank ihren Tee. Dazu plauderte der Coiffeur und erzählte von der russischen Prinzessin, die in derselben Etage wohnte. Sie war alt und fett. Die Masseuse hatte jeden Morgen zwei Stunden mit ihr zu tun.

Georg hörte das alles ruhig an. Er hatte die Arme über die Brust gekreuzt und empfand nur die behagliche Wärme des Bademantels, während ihn der andere rasierte und ihm heiße Kompressen auf das Gesicht legte. »Sonst nichts Neues?«, fragte er schließlich.

»Herr Sineswett kommt jetzt auch in unser Hotel zu wohnen«, erklärte der Coiffeur und kämmte ihm die Haare zurück.

»So ... So ...?«, setzte Georg etwas monoton hinzu.

»Ja, wissen es der Herr Baron noch nicht?«, fragte der andere.

»Nein, er hat uns nicht davon gesprochen«, antwortete Georg. Er empfand auf einmal einen leisen Druck auf der Brust. Der Coiffeur redete weiter. Er kannte den ganzen Klatsch des Hotels. Das war ja alles ziemlich gleichgültig, aber dass Tott nun umzog, war doch sehr seltsam.

Georg hörte kaum mehr zu. Die Stimme des Menschen war ihm plötzlich unausstehlich. Er ging hinüber, um sich anzukleiden. Er fühlte sich dabei merkwürdig ungeschickt - das deprimierte ihn. Um in den Salon zu kommen, musste er wieder durch das Badezimmer. Er öffnete die Tür und hatte die Empfindung, dass niemand im Zimmer war. Auch Fernandes Schlafzimmer schien leer zu sein. Die Tür und ein Fenster mussten offen stehen. Es kam von dort her Zugluft.

Er läutete. Fernandes Kammerzofe erschien und sagte: »Die gnädige Frau ist ausgegangen.«

Georg trank langsam, bedächtig den Tee. Er hörte das Mädchen in Fernandes Zimmer aufräumen. Nach einer Weile kam sie wieder herein, schien Blumen in eine Vase zu stellen. Georg hörte, wie sie im Badezimmer Wasser einfüllte. Er hätte sie jetzt gerne gefragt, wo Fernande hingegangen sei, aber er empfand eine leise Scheu, eine solche Frage zu tun. Es war ihm als ob das Mädchen das Misstrauen, das ihn erfüllte, dann mitempfände. Das durfte in keinem Falle sein.

Er setzte sich nachher ans Fenster. Es ging auf den

Garten hinaus, aber er hörte deutlich die Geräusche von der Brücke und der Straße. Er fühlte sich einsam. Seine Hilflosigkeit kam ihm entsetzlich und qualvoll vor. Die Sonne schien ihm ins Gesicht. Dennoch roch er die Feuchtigkeit, die vom See herkam.

Er erinnerte sich jetzt auch, dass Fernande gestern Nacht noch erwähnt hatte, sie wolle in der Frühe zum Anprobieren gehen. Schließlich lag ja darin auch nichts Besonderes. Aber vielleicht hatte Tott auf sie gewartet, vielleicht gingen sie beide jetzt am See oder saßen zusammen auf einer Bank. Er horchte angestrengt nach dem Garten und der Terrasse. Es tönten Stimmen unten, ein Automobil fuhr vor die Halle.

Er kam sich vor wie auf der Lauer. Ein bitteres Gefühl der Beschämung überrieselte ihn. Wie kläglich dies alles doch war. Aber warum durfte denn der andere nicht in diesem Hotel wohnen? Es war doch das Beste am Platze - hatte er sich nicht neulich sogar über das seine beklagt. Und dennoch ...

Mit einer fiebrigen, fast krankhaften Ungeduld wartete er jetzt auf Fernande. Es war ihm als ob ein Wort von ihr, der Tonfall eines Wortes ihm eine Erlösung bringen könnte.

Plötzlich legte er sich den Gedanken vor: »Wenn aber doch alles so wäre, wenn sie mich mit ihm betröge? Er stand da auf einmal wie vor einer Mauer. Was für einen gesunden Menschen zu einem Konflikt mit einem mehr oder minder schmerzlichen Ausgang werden konnte, wurde für ihn zu etwas Schrecklichem, Unheimlichem.

Was wäre seine Existenz noch ohne sie? Er hörte jetzt Glocken läuten. Es war also elf Uhr. Eine Trambahn klingelte in der Ferne.

Er empfand leise neuralgische Schmerzen über den Augenbrauen. Aber die Sonne war jetzt doch warm. Er legte die Hand auf das Fenstersims. Er wollte warten, Geduld haben. Er dachte: Es sterben jetzt noch jeden Tag Zehntausende. Bin ich nicht trotz allem ein Glücklicher? Ich habe noch Beine, um zu gehen, Hände, um zu essen, ich kann trotz allem diesen Spätsommermorgen empfinden ... War das nicht herrlich?

Er dachte wieder an den französischen Hauptmann, von dem der Concierge erzählt hatte. Dieser Hauptmann war in einem Schwerverwundetentransport hier durchgefahren.

Er wurde in einer Art von ausgepolstertem Kasten getragen. Es waren nur noch der Rumpf und der Kopf von ihm übriggeblieben.

Wenn Georg sich dieses Bild vorstellte, überfiel ihn eine unendliche Bangigkeit. Hatte nicht all dies Entsetzliche auch auf ihn gelauert, war er ihm nicht doch noch glücklich entronnen?

»Aber das hilft mir doch nicht weiter«, blitzte es wieder durch sein Gehirn. Worauf es ankam, das war doch Fernande und nicht das andere. Er hätte sich jetzt gern eine Zigarette angezündet, aber er wollte warten, bis Fernande zurück war.

Er dachte: »Ich bin in einem Punkte wieder auf dem Niveau des Kindes angelangt: Es ist mir verboten, mit

Streichhölzern zu operieren.« Er hörte nebenan jemand die Tür öffnen. Das gab ihm ganz unmotiviert Herzklopfen. Es war nur das Mädchen, das offenbar ein Kleid von Fernande in den Schrank hängte.

Er stand auf und ging gegen die Tür hinüber. Es war ja vielleicht doch ein Schein von Möglichkeit vorhanden, dass sie schon zurückgekehrt war. Wie er sich noch am Tisch hielt, ging die Tür auf.

Er fragte: »Wie spät ist es?« Seine Stimme klang etwas verlegen. Er wusste eigentlich auch gar nicht, was er fragen sollte.

»Es hat eben elf geschlagen«, sagte das Mädchen und ging in sein Zimmer hinüber.

Er stand immer noch etwas verblüfft da und bewegte sich wieder zum Fenster zurück. Das Mädchen kam ihm eigentlich gefühllos vor. Es hätte doch fragen können, ob er einen Wunsch hätte, ob ihm etwas fehle.

Er läutete jetzt und verlangte ein Aspirinpulver. Das Mädchen stellte ihm ein Wasserglas auf das Fenstersims und legte die Glasröhre mit den Tabletten daneben. Aber er hatte jetzt plötzlich keine Lust mehr nach Aspirin.

Er überlegte: Es wäre mir eine Wohltat, wenn ich einen Tobsuchtsanfall bekäme. Jeden Tag einen Anfall, damit ich alle Nervosität, allen Ärger, der sich anhäuft, wegbringen könnte. Draußen redete der Zimmerkellner.

Da kam das Mädchen wieder und sagte: »Herr Sineswett ist unten ...«

»Er soll doch heraufkommen«, Georg war selbst

erstaunt wie freudig, wie bewegt er plötzlich wurde, Tott war also allein, war nicht mit ihr. Vielleicht hatten sie sich aber auch erst jetzt getrennt im Gedanken, dass es verdächtig wäre, wenn sie beide zusammen ankämen. Das zuckte ihm wie ein Strahl durch die Schläfen, aber er war trotzdem froh, dass Tott wenigstens da war. Er hatte ein vages Gefühl, als ob er von ihm trotz allem noch mehr darüber erfahren könnte als von Fernande. Georg wartete. Aber Tott erschien nicht. Da hörte er seinen Schritt auf dem Teppich. Das Mädchen öffnete vor ihm die Tür und sagte: »Bitte schön!«

Georg richtete sich etwas auf und streckte ihm ganz ins Leere die Hand entgegen. Tott kam jetzt um den Tisch herum. Er sagte: »Ich bin eben hierher umgezogen.« Er erzählte von einem Streit, den er heute früh mit dem Portier seines Hotels gehabt hatte.

»Das ist ja sehr nett«, antwortete Georg, »dass Sie nun näher bei uns sind.« Er horchte, als ob der andere noch etwas hinzusetzen, sich noch weiter erklären sollte, aber Tott schwieg. Er hatte überhaupt eine merkwürdige Art, oftmals ein paar Minuten still zu sitzen und kein Wort dabei zu sagen.

Georg überlegte: »Ob er sich dabei wohl etwas denkt und was mag er sich wohl denken?«

Plötzlich äußerte Tott ganz zusammenhanglos: »Ich habe eben Ihre Frau gesprochen ...«

»So ... so ...«, antwortete Georg. Er hatte ein wenig den Kopf gedreht und wartete. Aber Tott sprang wieder vom Thema ab und redete von einem Brief, den er aus Stockholm bekommen hatte und der merkwürdigerweise von der holländischen Zensur geöffnet worden war.

»Wo trafen Sie denn meine Frau?«, fragte Georg ganz unmotiviert dazwischen.

»Auf der Straße ...«, erwiderte der andere und redete von seinem Brief weiter. Das mit Fernande schien ihm wirklich ganz nebensächlich zu sein.

Er sagte plötzlich: »Ich muss vor dem Essen noch auf die Post«, stand auf und ging weg.

Nach einer Weile kam auch Fernande. Sie trat zuerst ins Schlafzimmer, um abzulegen, und kam dann herüber. Sie näherte sich, schmiegte sich an ihn, legte ihm, der stumm da saß, den Arm um den Kopf und sagte tröstend: »Du hast auf mich gewartet?« Er vermochte nicht zu antworten. Ein quälender Ärger, der ihn ganz hilflos machte, glomm in ihm auf.

»Du bist mir böse?«, fragte sie ängstlich und zärtlich. Er zuckte mit den Achseln.

»Aber, was ist denn?«, forschte sie weiter.

»Nichts«, sagte er. Wenn er sich jetzt ganz deutlich hätte aussprechen müssen, wäre er auch sehr verlegen gewesen, es ihr einfach und klar darzustellen. Schließlich litt er an etwas, das nur in der Luft lag, das er nicht hätte präzisieren können, ohne schamrot zu werden.

»Wo bist du gewesen?«, fragte er etwas müde. Er sprach nur aus der Nötigung, überhaupt etwas zu sagen. Sie erzählte von der Schneiderin, von den Läden, in denen sie gewesen war.

»Tott war eben hier, er wohnt jetzt im Hotel«, warf er ein.

»So?«, sagte sie nur leichthin, »seit wann?«

»Seit heute früh«, antwortete er. Er fühlte einen feinen, stechenden Schmerz in der Stirne. Er dachte: »Sie tut, als ob sie ihn nicht gesehen hätte, als ob sie nichts davon wüsste. Sie lügt ...« Er hörte sie weiter erzählen von einem Brief, den ihr ihre Schwester geschickt, aber alles kam wie etwas Fremdes und Dumpfes in sein Gehirn. Er suhlte immer nur die eine furchtbare Erkenntnis: »Sie lügt ...«

Georg saß am Nachmittag in der Sonne im Garten. Fernande hatte ihm aus der Zeitung vorgelesen und war für einen Augenblick ins Hotel gegangen. Georg erwartete auch den Besuch von Siret. Dieser war ein ihnen befreundeter Pariser Kunstkritiker, der sich jetzt während des Krieges als Auslandsreporter betätigte. Er war gestern im Hotel angekommen. Er hatte Georg heute nach Tisch anfragen lassen, ob er ihn sprechen könnte. Georg war jetzt in der Erwartung des anderen in einer seltsamen Bewegtheit. Es war ihm merkwürdig, dass er von all den früheren Pariser Freunden gerade Siret sehen sollte. Er hatte ihn ein paar Tage vor Kriegsausbruch noch auf der Redaktion einer großen Zeitschrift gesehen und ihm trotz aller Bangigkeit zum Abschied lachend zugerufen: »Also auf Wiedersehen nach dem Krieg!« Georg hatte in jenem Augenblick nicht an den Krieg geglaubt, oder er hatte vielleicht durch diesen Spaß die Beklemmung loswerden wollen. Aber er sah in der Erinnerung noch heute Sirets Gesicht. Es war während einer Sekunde ganz starr geworden. Fast zu einer unheimlichen, verzerrten Maske. Dann war jener nahe an ihn herangetreten und hatte ihm entgeistert in die Augen gestarrt: »Sie glauben doch nicht daran ...?«, hatte er leise, fast heiser gefragt. »Aber nein ...«, hatte Georg erwidert. Später war diese Szene noch oft in der Erinnerung vor ihm aufgetaucht. Die Idee, dass Siret sich vielleicht nachher gesagt haben konnte, er sei als Deutscher und durch seine Beziehungen doch orientiert gewesen, er hätte doch um das Kommende gewusst und hätte ihm und seinen damaligen französischen Freunden diese Komödie vorgespielt, dieser Gedanke kam ihm peinlich vor.

Er hörte einen Tritt auf dem Kies. Aber es musste eine ältere Person sein. Sie kam langsam daher und schleppte ein Bein etwas nach. Gleich darauf ertönte eine Kinderstimme, eine italienische Bonne ging mit einem kleinen Mädchen vorbei. Darauf kamen wieder ein Herr und eine Dame, die französisch sprachen. Es war ein erstaunliches Gewirr von Sprachen und Menschen in diesem Hotel und in dieser Stadt, die für die Dauer des Krieges ein kosmopolitisches Gepräge angenommen hatte, das ihr in Friedenszeiten gewiss nicht zukam.

Georg dachte eben an Fernande und fragte sich, warum sie noch nicht zurück sei, als er eine Stimme neben sich hörte: »Lieber Baron ...«

Georg hob den Kopf: »Siret?« Er streckte ihm die Hand entgegen.

»Ja, ich bin's ...« der andere hatte seine Hand ergriffen und hielt sie ein paar Sekunden in der seinen. Während einem Atemzuge hatten sie beide das Gefühl, dass sie dieselben geblieben waren, dass sie sich nicht als Menschen zweier feindlicher Nationen, sondern als alte Bekannte gegenüber standen.

Siret sagte zuerst: »Ich hatte Sie gestern Abend schon gesehen. Ich saß unten in der Halle, als Sie die Treppe hinauf gingen. Ich habe ihre Frau sofort erkannt ...« Er brach ab. Georg hatte den Eindruck, dass jenem etwas die Kehle zuschnürte, dass er bewegt war. Er wollte ihm über das Schmerzvolle der Situation hinweghelfen und sagte: »Nicht wahr, ich habe mich verändert ...«

Siret antwortete: »Wer hätte das alles geahnt?« Er nahm plötzlich Georgs Hand, wie man die Hand eines Kindes nimmt und sagte erschüttert: »Aber lieber Freund, es kann ja doch noch alles wieder gut werden.«

»Wie meinen Sie das?«, fragte Georg. Ein merkwürdiges Erbarmen stieg in ihm auf, ein Erbarmen mit dem anderen, der wegen seines Schicksals so gequält war. Er sagte: »Ich habe mich nun schon an meinen neuen Zustand gewöhnt, es ist sogar ganz sonderbar, wie rasch man sich an alles gewöhnt ...«

»Ich bin glücklich für Sie, dass Sie das so empfinden«, erwiderte Siret. Seine Stimme klang warm, aufrichtig, teilnahmsvoll. Georg hatte vor allem das unendlich angenehme Gefühl, einem taktvollen Menschen gegenüber zu sein. Er dachte daran, was man ihm schon für Fragen gestellt, was sie alles von ihm hatten wissen wollen, wie ihm oft ihre Teilnahme zu einer Tortur geworden war. »Wie steht es in Paris?«, fragte er leise.

»Danke gut«, sagte der andere, als ob man nicht von einer Stadt, sondern von einer Person spräche. Man redete von alten Bekannten, die alle im Feld waren. Der Baron R. war seit Kriegsbeginn in Verdun, R. Ch. seit acht Monaten in den Argonnen, wo er schon dreimal verwundet worden war. Siret erzählte seine eigenen Erlebnisse. Er hatte als Berichterstatter die ganze Front bereist, er sprach klug, als ein guter Beobachter, verfiel dann aber in allgemeine politische Reden, in Prophezeiungen über den Ausgang des Krieges, während ihm Georg schweigend zuhörte. Dann begann auch er zu sprechen, aber er hatte das Gefühl, als ob sie beide fortwährend aneinander vorbei redeten.

Da warf Siret plötzlich dazwischen: »Wissen Sie, was mich erstaunt hat?«

»Nun?«

»Dass Sie sich sofort in den Gedanken des Krieges gefunden haben. Was für mich am schwersten zu begreifen war, das war die Tatsache des Krieges überhaupt. Ich vermochte tagelang nicht daran zu glauben ...«

Georg antwortete: »Es war wohl damals so, dass in jedem Land alle zu einem einzigen Gefühl wurden. Man hatte nicht mehr die Möglichkeit zu denken, sondern nur noch die zu handeln ...«

»Ich hatte keine Ahnung, wo Sie waren, ich dachte mir Sie in irgendeinem Hotel in der Schweiz«, sagte Siret.

»Ich war stellungspflichtig«, erklärte Georg. »Sie hätten sogar als Franzose wenig Achtung vor mir gehabt, wenn ich Deserteur geworden wäre.«

»Na ... ja ... aber es passte doch gar nicht zu Ihrer Natur«, wandte Siret ein.

Georg sann eine Sekunde, dann sagte er: »Das ist ja das Merkwürdige, dass alle Intellektuellen und Pazifisten und Kosmopoliten, dass sie alle auf einmal etwas in sich fühlten, was sie zu ihrem Stamme, zu ihrer Pflicht trieb. Abgesehen von der Frage der Rasse, sind doch unsere Beziehungen zum Staat etwas wie ein Familiengefühl. Und wenn die Familie in Gefahr ist, dann hilft man eben, ob man nun Onkel Ferdinand oder Tante Alwine besonders geliebt hat oder nicht. Man spürt eine Pflicht, die aus dem Blut kommt. Wenigstens alle Menschen, die Tradition haben.«

Siret antwortete nicht. Georg hörte auf Stimmengeräusche, die von der Halle herkamen.

»Wer ist diese dicke Dame, die französisch spricht und nach Tisch zum schwarzen Kaffee in der Halle sitzt? ...« fragte Siret.

»Sie meinen wahrscheinlich die russische Prinzessin«, antwortete Georg. »Sie hat dieselbe Masseuse wie meine Frau.« Er hätte jetzt gerne gefragt, ob der andere Fernande nicht irgendwo auf der Terrasse sehe, aber er wagte es doch nicht. Er hatte, was Fernande anbetraf, eine merkwürdige Scheu. Er hätte sich geschämt, wenn Siret auch nur eine leise Ahnung von seinem Argwohn gehabt hätte.

Da sagte aber Siret: »Ja, wie stehen Sie denn mit Ihrer Frau?« Er lachte. »Ich meine natürlich politisch.«

»Sie ist rührend«, antwortete Georg. Er empfand selbst, wie seine Stimme unwillkürlich in einer merkwürdigen Bewegtheit bebte. Es tat ihm wohl, etwas Gutes über sie zu sagen.

»Es ist direkt frappant, wie viel Ehen innerlich durch diesen Krieg gestört worden sind«, behauptete Siret. Er erzählte von einem Prozess, der neulich in Lyon stattgefunden hatte und wobei ein Franzose von einer deutschen Frau geschieden worden war. Als Gegenstück zitierte Georg einen seiner deutschen Freunde aus M., der seit zwanzig Jahren mit einer Französin verheiratet war und in ihr die getreueste Frau hatte. »Ich muss Ihnen sagen«, fuhr er fort, »dass ich mit meiner Frau des Krieges wegen nie die geringste Diskussion hatte. Sie hat ihn wie ich vom ersten Tag an akzeptiert als ein Schicksal, das uns auferlegt war.«

»Das ist schließlich auch ganz natürlich und der größte Teil der Menschen wird instinktiv so handeln. Denn wir sind ja alle Akteure eines Dramas, an dem wir selbst nicht die geringste Schuld haben.«

»Allerdings nicht«, gab Georg zu. Es machte ihn froh, mit Siret zu plaudern. Dieses Gespräch, das zwischen ihnen so ohne Hass und ganz ruhig geführt wurde, war ihm wie eine Hoffnung für etwas Glückvolleres und Späteres.

Während Georg sprach, dachte er immer nur an Fernande. Wo sie auch sein mochte? Sie hatte wirklich nur für ein paar Minuten hinaufgehen wollen, um sich ein Buch zu holen und um zwei Zeilen an ihre Mutter zu schreiben. Nun blieb sie aber schon eine ganze Zeit aus. Er hörte eine Turmuhr einmal schlagen.

»Wie warm es jetzt ist«, hörte er Siret sagen, »wir sind doch schon im September ...« Dann redete jener wieder von anderem weiter. Plötzlich sagte er: »Da ist ja Ihre Frau ...«

Georg horchte auf. Es war still zwischen ihnen.

Siret fuhr fort: »Sie spricht mit einem schlanken, blonden Herrn, er scheint ein Landsmann von Ihnen zu sein ...«

»Es ist ein Schwede ...«, erklärte Georg. Es war ihm, als ob er sagte: »Der Liebhaber meiner Frau ist ein Schwede ...« Siret antwortete nicht. Er sah offenbar zu den beiden herüber. Georg hatte so starkes Herzklopfen, dass er schier den Atem verlor. Er hörte nur das Blut in den Schläfen summen. Wie ein banges Rauschen hüllte ihn die Erregung ein. Gerade dass Siret so sprachlos und aufmerksam hinübersah, quälte ihn. Jener begriff natürlich alles, hatte die Situation sofort erkannt, Georg war es, als ob er es auf dieser Gartenbank nicht mehr aushalten könnte, als ob er aufstehen und irgendwohin ins Ungewisse hinauslaufen müsste. Nur damit etwas geschähe, das ihn von dieser Qual befreite. Da hörte er Siret, der sagte: »Da kommt sie ja ...«, seine Stimme klang vergnügt, freudig.

Er stand auf, Georg hörte seine Schritte im Kies knirschen, während er ihr Entgegenschritt.

Es ging gegen Abend. Siret hatte sich empfohlen. Georg war es ganz merkwürdig, jetzt mit Fernande allein zu sein. Es war eine Spannung vorhanden, die sie beide bedrückte. Aber er hatte nicht den Mut zu sprechen. Er hatte ein Gefühl, als ob sich da plötzlich etwas ganz Schreckliches enthüllen könnte. Er hatte Angst davor. War er feig? Er getraute es sich gar nicht, einzugestehen. Er war zaghaft geworden, was sonst gar nicht in seiner Natur lag. Es kam ihm für Augenblicke wie eine merkwürdige Gnade vor, dass er noch neben ihr auf der Bank saß.

Da sagte sie unvermittelt: »Du bist traurig, was fehlt dir?«

»Nichts«, antwortete er und zuckte mit den Achseln.

»Doch«, beharrte sie. Sie legte ihm ihre linke Hand aus die seine, fuhr ihm langsam und zärtlich über den Handrücken. Er hielt geduldig still. Er dachte: »Was für eine weiche, zarte Hand sie doch hat.« Es war ihm, als hätte diese Hand für ihn eine ganz neue und tiefe Bedeutung gewonnen. Die Möglichkeit, sie zu verlieren, gab ihm plötzlich ein Gefühl für sie, das er lange nicht mehr gekannt hatte. Vielleicht nur in der allerersten Zeit, da sie sich liebten.

»Sag' mir, was dir fehlt?«, bat sie noch einmal. Da erwiderte er: »Mir ist es, als ob wir uns voneinander entfernten ...«

»Das ist nicht möglich«, wandte sie einfach ein. Es war in keinem ihrer Worte eine besondere Betonung oder ein intensiverer Ausdruck. Er schwieg. Er überlegte: ›Sie ist unheimlich raffiniert. Sie verwirrt sich nicht, sie verrät sich in keinem Ton.‹

Er holte Atem. Dann sagte er etwas matt: »Seit heute früh weiß ich, dass du mich anlügst ...«

Sie antwortete während einer, während zwei Sekunden nichts. Er zählte seine Herzschläge, so unendlich lang schien es zu dauern, bis ihre Stimme ihm wieder entgegenkam. »Wie meinst du das?«, fragte sie sehr verwundert. Aber er hörte es jetzt ganz deutlich: Es war doch etwas Falsches im Klang.

»Ich weiß nur, dass du mir nicht die Wahrheit sagtest«, erklärte er.

»Warum habe ich dir nicht die Wahrheit gesagt?«, fragte sie.

»Muss ich dir das erklären?«, erwiderte er. Sie schwieg. Dann sagte sie plötzlich: »Du weißt doch, dass ich nichts Böses tue«, sie hielt inne, fuhr dann fort: »Wenn das in meiner Natur läge ...« Sie stockte. »Dann hättest du es schon lange tun können«, vollendete er ihren Satz. »Das willst du sagen oder nicht?« ...

»Es ist ja entsetzlich, auf was für Gespräche wir kommen«, brach sie plötzlich los, als ob sie erst jetzt zur Erkenntnis gekommen sei, was seine Anschuldigung überhaupt bedeutete. Er hörte ihren Ausbruch an. Er fühlte den besten Willen in sich, ihr zu glauben, dass alles in der Luft stünde, eine falsche Annahme von ihm sei. Aber er konstatierte zugleich, dass er ihr trotz allem nicht glaubte. Er empfand nur einen dumpfen Druck auf dem Gehirn.

»Warum sagst du denn die Wahrheit nicht, wenn du keinen Grund hast, etwas zu verschweigen«, begann er wieder.

»Reden wir von etwas anderem«, bat sie gequält.

»Warum ist dir das unangenehm, wenn wir davon sprechen?« Er hatte sich aufgereckt, das Gesicht zu ihr hingedreht, als ob es jetzt auf jeden Laut ankäme. Sie sagte nur leise und enerviert: »Weil du mir ja doch nichts vorzuwerfen hast.«

»Du weichst mir aus, du antwortest nie auf das, was ich dich frage, du tust sogar, als ob du nicht wissest, um was es sich handelt ...«

»Du machst mich so müd mit deinem lauten Reden«, ihre Stimme klang matt, zugleich etwas ärgerlich.

»Du bist unwillig?«, fragte er leise, fast drohend.

»Wollen wir nicht hinaufgehen?«, schlug sie vor. »Wir können uns doch hier auf der Bank keine Szene machen.«

»Bleiben wir noch«, verlangte er ganz erregt. Ihre Haltung kam ihm wie eine Flucht vor.

»Gut, bleiben wir«, konstatierte sie, »aber was willst du denn von mir, was quälst du mich so?« Sie schien wirklich aufrichtigen Schmerz zu empfinden.

»Ich quäle dich?« Er horchte ganz erstaunt auf. »Wer ist es denn von uns beiden, der leidet?«

»Aber warum machst du mir denn Vorwürfe, ohne dass du einen Grund hast?«, protestierte sie.

»Als ob ich keinen Grund hätte ...«, sagte er bitter, melancholisch.

»Du stellst dir etwas vor, was gar nicht existiert«, jammerte sie.

»Du sagst es«, er zuckte resigniert mit den Achseln.

»Aber sag' mir doch, worin ich mich vergangen habe ...«, sie war jetzt wirklich gekränkt. Er hatte das Kinn gehoben, als ob er vor sich in die Bäume schauen wollte und sagte niedergeschlagen: »Das Schlimmste von allem ist die Lüge, sie schließt alles Übrige in sich ...«

Sie antwortete nicht gleich. Dann sagte sie einfach, und in einem ganz klaren Ton: »Wenn du wolltest, würdest du mich begreifen. Ich will doch alles vermeiden, das dir Kummer machen kann. Nun fühlte ich dich gestern nervös ... mir war es, als ob du eifersüchtig seiest. Als du mich heute früh nach ihm fragtest, hatte ich einen Augenblick plötzlich Angst, du könntest dir irgendetwas dabei denken ... so hab' ich ihn verleugnet ... aber es war nichts Schlimmes dabei ...«

Er hörte ihr aufmerksam zu. Er fühlte, dass es demütigend für sie war, solch' ein Geständnis zu machen. Es schien ihm wohl etwas begründet, was sie sagte. »Und es war nichts weiter?«, fragte er.

»Gewiss nicht, Liebling«, sagte sie. Sie hatte wieder seine rechte Hand genommen und grub ihre Nägel tief in seine Handflächen ein. Er empfand ein leises Glücksgefühl, das ihn erwärmte. Er hatte auch den Eindruck, dass sie aufrichtig sei. Er fühlte einen Schmerz in seiner Hand und dennoch liebte er diese naive, fast kindliche Geste. Fernande hatte oft solche instinktive Ausbrüche. Wenn sie erregt war, konnte sie ihre Nägel so tief in seine Hände eingraben, dass rote Male entstanden, die oft einen ganzen Tag lang hielten. Es war ein ganz mädchenhafter Ausdruck ihrer Passion.

Georg sagte jetzt: »Du bist noch wie ein Kind, aber du hast auch alle Fehler von Kindern ...«

Sie lachte: »Kinder sind nicht gefährlich.«

Er antwortete: »Das Schlimmste ist, dass sie unberechenbar sind ...«

»Quäl mich jetzt nicht länger damit«, ihre Stimme klang wieder ganz vergnügt. Sie schien dieses morose Gespräch wirklich sattzuhaben. Georg ließ sich willig von ihr leiten. Sie gab ihm einen Impuls zu etwas Leichterem, Froherem. Sie war in diesem Augenblick sicher ohne Falschheit. Sie war es vielleicht überhaupt, aber ihr Temperament war zu impulsiv, es machte sie unüberlegt in ihren Handlungen. Sie besaß sicher eine große Herzensgüte, aber er traute ihr, falls sie sich einmal vergangen hatte, auch eine große List zu, um es zu verbergen. Er hatte früher Vertrauen in sie gehabt. Lag es an ihm, oder an ihr, dass er es nicht mehr besaß?

Er hörte sie jetzt neben sich reden. Es lag etwas Angenehmes und Beruhigendes darin. Es kam ihm ja gar nicht darauf an, was sie sagte, allein ihre Gegenwart war eine Kraft, eine Stärkung für ihn. Zugleich dachte er: ›Ich werde sie früher oder später verlieren ...‹ Es kam ihm unmöglich, fast widersinnig vor, dass er in seinem Zustand ein so junges, schönes Wesen sollte fesseln können. Daran lag ja das Schreckliche. Er setzte nicht voraus, dass sie ihn verlassen würde, aber sie würde sich in den, in jenen verlieben, in kleinen, unscheinbaren Dingen würde er es fühlen. Er würde das sichere Bewusstsein bekommen, dass sie ihn betrog, dass er sie mit einem anderen teilte, und das vermochte er nicht zu ertragen. Es lag nicht in seiner Natur. Er sah für jenen Augenblick nur eine schreckliche Katastrophe.

»Aber wäre er denn ein Mensch, den du lieben könntest?«, fragte er plötzlich dazwischen. Er hatte zugleich die Empfindung, dass er eine sehr einfältige Frage gestellt.

»Tott?«, rief sie aus und lachte.

»Ja, er ...«, bestätigte er.

»Ich müsste mir jedenfalls große Mühe geben ...«, sagte sie ganz vergnügt.

»Du nimmst das alles zu leicht«, erwiderte er traurig, »du scheinst eigentlich gar keine Ahnung zu haben, von was für schrecklichen Dingen wir reden ...«

»Du bildest dir das alles nur ein«, replizierte sie bestimmt, als erwarte sie keinen Widerspruch.

»Komm, gehen wir etwas im Garten«, forderte sie ihn auf. Sie schritten auf den Kieswegen nebeneinander her. Er hatte beide Hände in die Taschen gesteckt, wie er es früher gewohnt war. Er berührte sie nur zuweilen leise mit der Schulter. Er war eigentlich ganz stolz darauf, auf diese gewisse Nonchalance, die dabei heraus kam. Er kultivierte diese Haltung mit großer Konsequenz. Auf ein Dutzend Meter Distanz musste man nichts anderes sehen, als dass da eben ein Paar spazieren ging. Es war ihm peinlich, als ein Kranker zu gelten, als ein Mensch, den man anstarrte, der etwas Anderes, Besonderes bedeutete.

Es war warm wie im Sommer. Sie redeten jetzt von Siret. Es war ein angenehmer Mensch, der trotz des Krieges und aller Verwirrungen der Geister ein Freund geblieben war. Georg fragte mitten aus dem Gespräch heraus plötzlich: »Wo ist jetzt Tott?«

»Ich weiß es nicht«, antwortete sie. Sie schien es wirklich nicht zu wissen. Georg dagegen fand es sonderbar, dass er heute ausblieb. Sie hatte ihn gewiss darauf aufmerksam gemacht, dass eine Krisis bevorstand. Er sah plötzlich Fernande wieder ganz anders. Er hatte das dumpfe und doch sichere Gefühl, dass irgendetwas bestand, dass ihm etwas verborgen wurde. Was es war, darüber konnte er sich nicht genau Rechenschaft geben ...

Er sagte: »Ich möchte hinaufgehen.«

Sie war ganz ruhig und sanft. Diese ganz außerordentliche und widerstandslose Bereitwilligkeit, die sie nun im Ton jedes Wortes hatte, machte ihn auch wieder stutzig. Er war jetzt wirklich schlaff. Er empfand es deutlich; wie gebeugt er ging. Dabei hatte er den Eindruck, dass Fernande sich zu ihm verhielt, als ob er ihr etwas zu vergeben hätte.

Sie kamen nach oben und er ließ sich in den großen Lederfauteuil des Wohnzimmers fallen. Fernande setzte sich neben ihn auf die Lehne. Er empfand eine starke Neuralgie in der rechten Schläfe. Es war ihm jetzt, als ob er seit heute Mittag doch um keinen Schritt vorwärtsgekommen sei. Er sprach plötzlich von einer

Bekannten, die ihren Mann betrog. Es war eine reizende, sehr gutmütige junge Frau. Georg verharrte lange und ausführlich bei dem Thema. Er klagte die Dame nicht an, er fand es im Gegenteil fast bewunderungswert, mit welcher Geschicklichkeit sie ihr Spiel verbarg.

Da sagte Fernande gedankenvoll: »Das ist ja auch die Hauptsache, dass sie sich nicht verrät ...«

»Wie meinst du das?«, fragte er aufmerksam.

»Ich meine, sie darf vor allem ihrem Mann keine Sorgen machen, und ihn auch vor der Welt nicht bloßstellen. Wenn es niemand weiß, leidet auch niemand darunter ...«

»Aber es kommt ja doch immer heraus«, wandte er ein.

»Nicht immer«, sagte sie einfach und ganz natürlich. Nach ein paar Augenblicken setzte sie hinzu: »Ich habe die Überzeugung, dass sie ihren Mann außerordentlich liebt ...«

»Aber warum betrügt sie ihn denn?«, fragte er ruhig weiter.

»Sie liebt ihren Geliebten wohl auf eine andere Weise«, antwortete sie leichthin. »Das ist doch sehr gut möglich, nicht?«

»Ja, schon ... bestätigte er. »Aber es ist im Grund doch furchtbar traurig.«

»Ja, aber er weiß es ja nicht, darum tut sie ihm damit auch nicht weh ...«, erklärte sie wieder.

»Weißt du, dass du einen ganz unmoralischen Standpunkt einnimmst?« Er hob sein Gesicht zu ihr empor und senkte es sofort wieder. Er fühlte, dass er einen furchtbar hilflosen Ausdruck haben musste.

»Aber Liebling«, sagte sie, »du tust auf einmal so, als ob du gar nichts mehr von der Welt verständest. Was ich dir eben sagte, hast du mir früher selbst einmal Wort für Wort gesagt ...«

»Das glaube ich nicht«, protestierte er leise.

»Doch«, behauptete sie, »als wir einmal von Frau v. P. sprachen und deinem Unfall, als du aus dem ersten Stock in den Garten springen musstest, weil Herr v. P. plötzlich nach Hause gekommen war. Als du mir jene Geschichte erzähltest, erklärtest du mir dasselbe, während ich deine Handlung schändlich fand ...«

»Mag sein«, gestand er zu, »so haben sich eben unsere Standpunkte verschoben.«

»Aber das ist doch nichts Schlimmes«, erklärte Fernande. »Du hast doch deswegen Frau v. P. auch nicht verachtet, trotzdem sie das getan hat, wenn sie auch nur die einzige Entschuldigung hatte, dass sie dich liebte ...«

»Das ist auch die einzige, die es gibt«, sagte er gedankenvoll. »Es ist eigentlich doch etwas merkwürdig, wie du dir diese Theorien angeeignet hast«, äußerte er darauf.

Sie lachte hell und vergnügt: »Liebling, ich bin dir eben ähnlich geworden ...«

»Das wolle der Himmel verhüten«, beteuerte er. Dann nahm sein Gesicht plötzlich wieder einen merkwürdig lauernden Zug an: »Es ist aber doch seltsam, dass du dich in deinen Gedanken mit diesen

Dingen beschäftigst ...«

»Ich beschäftige mich gar nicht damit«, sagte sie, »dass ich mir Gedanken darüber mache, ist schließlich ja auch ganz natürlich ...«

»Aber gerade diese Gedanken«, wandte er ironisch ein.

»Ihr seid doch komisch, ihr Männer«, fuhr sie auf. »Wenn eine Frau so einfältig ist, dass sie sich überhaupt nichts vorstellen kann, findet ihr sie stupid und langweilig. Wenn sie aber etwas ganz Vernünftiges äußert, seid ihr plötzlich erstaunt, dass sie sich überhaupt etwas denkt ...«

»Wenn das eine andere gesagt hätte, würde ich vielleicht auch weniger dagegen einwenden«, erklärte er.

»Ich spreche doch aber auch nicht für mich«, replizierte sie kurz, fast schroff. Es war auf einmal eine starke Gereiztheit in ihrer Stimme.

»Warum regst du dich auf?«, fragte er. »Ich habe dich doch nicht gekränkt ...«

»Nein, aber ich habe die Empfindung, dass du hinter jedem Wort etwas suchst, dass du fortwährend eine Art von Verhör mit mir anstellst, und das hasse ich. Es ist mir unausstehlich, wenn du mich verdächtigst ...«

Er horchte nur auf und war überrascht über ihre plötzliche Heftigkeit. Aber er konnte ihren Zorn besser ertragen als ihr Schweigen. Der Zorn war eine Bewegung, etwas, das sie vorwärtsbrachte zu einem Ziele. Er liebte Fernande, wenn sie derart erregt war. Ihr Gesicht zeigte dabei den Ausdruck eines wütenden jungen Mädchens, das in jedem Fall im Recht war und recht haben wollte. Er fühlte zugleich, wie ihr ganzer Körper unter ihrer Erregung vibrierte. Wie ein seltsam süßer Rausch drang es in seine Nerven ein. Er zog sie zu sich nieder, legte sie wie ein Kind vor sich in den Schoß, küsste sie auf den Mund und die Augen, zärtlich und leise; rasend und verwegen und zugleich stammelte er: »Ich würde dich töten, wenn du mich betrögest ...«, und er küsste sie wieder, noch wilder, atemloser ... Sie umschlang seinen Hals, schmiegte sich, klammerte sich an ihn und raunte mit bebendem, zärtlichem und hingegebenem Munde: »Ja ... ja ... du würdest mich töten ...« Er hatte ein Gefühl, als ob ihm alles Blut in die Augen rieselte.

Es ging ein scharfer Wind aus Südost. Tott wartete bei dem Chalet des Jachtklubs. Georg kam mit Fernande langsam heran. Siret hatte sie noch ein Stück Weges begleitet und war dann zurückgeblieben. Tott hatte ihm gegenüber, als sie am Vormittag durch Fernande bekannt geworden waren, eine sonderbare, fast ungezogene Schroffheit gezeigt.

Georg fühlte den warmen, etwas schwülen Wind im Gesicht, der fast stoßweise über das Wasser her kam und fühlte sich unbehaglich. Es war wohl für den Spätnachmittag ein Gewitter im Anzug. Seine Nerven spürten es voraus und waren in einer leisen, bänglichen Erregung.

Er fühlte, wie sie ein paar Stufen hinunter über

einen Holzsteg gingen. Jetzt standen sie auf dem Floss, hörten Totts Stimme. Georg empfand, wie sich die Balken, auf denen er stand, leise wiegten. Dann half ihnen Tott ins Boot.

Sie saßen auf der Steuerbordseite und hatten den Wind im Nacken. Georg fühlte, wie sich Fernande an ihn lehnte, wie sie unsicher und ängstlich war. Der Wind fuhr mit kräftigen Stößen ins große Segel und das Boot legte sich auf die Seite, dass Fernande aufkreischte.

Georg hatte dabei eine eigentümliche Sensation. Er hatte früher oft mit großer Passion gesegelt, aber es war ihm, als hätte er damals nie diese starke Empfindung für die geringste Bewegung des Schiffes gehabt wie heute. Er fühlte deutlich, wie ein Windstoß ansetzte, seine Nerven im Nacken zeigten es ihm wie in einem leisen Kräuseln an. Er empfand, wie der Wind drehte, wie er mehr von vorn kam, er hörte, wie die obere Ecke des Großsegels leise flatterte, dazu knarrte das Steuer, während Tott abdrehte. Man hörte jetzt eine Weile nur das Kielwasser rauschen.

Es wurde kein Wort gesprochen. Georg hatte die Empfindung, dass Tott verdrossen am Steuer saß. Er hielt es vielleicht gar nicht mit der Hand, sondern stemmte mit der rechten Schulter dagegen, während er etwas träg und missmutig auf der Bank lag. Jedenfalls bestand heute zwischen ihm und Fernande eine Spannung. Der Nachmittag war auch schwül und drückend.

»Ist der Himmel sehr bewölkt?«, fragte Georg. »Es

könnte trotz allem doch bald zum Regnen kommen«, setzte er hinzu. »Wir haben noch eine gute Stunde Wind«, antwortete Tott. Seine Stimme klang kühl und fast grollend.

»Was ist denn?«, fragte Georg. Er hatte sein Gesicht zu Tott hinübergedreht. Es antwortete niemand. Es kam ihm sehr sonderbar vor. Tott war eifersüchtig, das war gewiss. Er äußerte dies in einer seltsam naiven Entrüstung. Er war aber allem Anschein nach nicht nur auf Siret, sondern auch auf Fernande wütend. Georg erinnerte sich der Szene vom Vormittag. Er dachte jetzt: »Er führt sich wirklich auf, ls ob er Rechte hätte.« Aber auch Fernande sprach nicht, sie hatte offenbar Angst, Tott könnte in seinem Zorn noch mehr gereizt, einfältige und gefährliche Dinge reden. Plötzlich zuckte noch etwas anderes, noch Bangeres durch Georgs Schläfen. Wenn Tott recht hätte, wenn wirklich etwas zwischen ihr und Siret bestünde? Vielleicht schon früher bestanden hätte? Er sann über die vergangene Zeit nach, suchte sie wie mit einer scharfen, unnachsichtigen Sonde zu sezieren. Ja, Siret hatte bei ihnen im Haus verkehrt, man hatte sich in Gesellschaften, im Theater und in Restaurants getroffen. Er hatte oft Geschichten gehabt. Man redete ihm Beziehungen zu hochstehenden Damen der Gesellschaft nach. Vielleicht hatte das Fernande gereizt. Er war zudem ein sensibler, verschwiegener Mensch - vielleicht hatte sie das sicher gemacht. Aber all dies war ja so ganz unkontrollierbar. Das war das Furchtbare, dass er wie vor einem Abgrund stand, in dessen Tiefe er nur Nebel und Ungewissheit sah. Wie grauenhaft müde das machte.

Es war ihm für Augenblicke, als ob er wirklich einer Katastrophe zutriebe, als ob es ganz unmenschlich wäre, was er da zu leiden hätte, als ob er es keinen Tag mehr ertragen könnte. Wenn er wenigstens irgendetwas Bestimmtes wüsste. Die ganze Kraft seiner Phantasie hungerte nach einer Tatsache, nach Einzelheiten. Er dachte jetzt: »Wenn ich nur ihre beiden Gesichter sehen könnte ...« Vielleicht starrten sie sich verärgert und gehässig an, wie zwei Schuldige, die einen Verrat fürchten. Vielleicht gingen ihre Blicke auch nach ihm, der ihnen im Wege stand und den sie in die Hölle wünschten.

Ein scharfer Stoß fuhr in das große Segel. Das Boot schwankte, als ob es sich auf die Seite legen wollte, stand so schief, als ob das Segel schon flach auf dem Wasser läge. Tott hatte das Steuer herumgerissen und zugleich das Segel hinausgelassen. Die Luft wurde immer schwüler. Im Süden fing es leise zu donnern an.

Fernande hatte jetzt Georg am Arm gefasst. Sie hielt ihn mit der Hand umklammert, als ob sie bei ihm Schutz suchte.

»Wir müssen zurück«, hörte er Tott sagen. »Obacht!« Er drehte das Steuer, das Boot wandte sich gegen den Wind. Sie bückten sich alle instinktiv, während das Segel über sie wegfiel. Sie setzten sich jetzt auf die obere Seite, während der Kurs wieder nach der Stadt zurückging.

»Tott«, sagte Georg plötzlich. »Sie sind eigentlich unausstehlich, Sie reden kein Wort.«

»Entschuldigen Sie«, antwortete Tott, »dieses laue Wetter macht mich krank.« Seine Stimme klang müde. Es war jedenfalls nichts darauf zu erwidern.

Kleinlaut fuhren sie zurück. Georg hatte plötzlich die Empfindung, dass ihm die Sonne warm im Gesicht stand. Das mit dem Gewitter war nichts. Der Wind hatte etwas nachgelassen. Fernande hatte auf der ganzen Fahrt fast kein Wort gesprochen.

Tott blieb beim Boot zurück und takelte es ab. Georg und Fernande gingen allein zum Hotel.

»Was ist denn mit Tott?«, fragte Georg, während sie die Anlage entlangschritten.

»Er ist verrückt, vollständig verrückt«, sagte Fernande mit scharfer Betonung. Aus jedem Wort war zu fühlen, wie sie erregt war.

»Was hast du ihm denn vorzuwerfen?«, fragte Georg weiter.

»Nichts, als dass er ein ungezogener Mensch ist«, antwortete sie fast verächtlich.

Georg ließ sich von Fernande hinaufführen. Er fühlte sich auf einmal wie gebrochen. Er legte sich auf seinen Schlafzimmerdiwan. Er trank ein Glas Milch mit Kognak. Dazu hatte er ein starkes Bedürfnis, zu schlafen. Er hatte zu nichts mehr Lust, nicht einmal dazu, sich Gedanken zu machen.

Er hörte noch, wie Fernande leise aus dem Zimmer ging. Es tat ihm nun wohl, ganz allein zu sein. Im Halbschlaf dachte er sich: ›Wenn ich zwanzig Jahre älter wäre, würde ich mich vielleicht so einkapseln und mich um nichts mehr kümmern.‹ Mochte dann Fernande einen Liebhaber haben, was ging ihn das an. Er war sich auch klar darüber, dass er heute alle diese Dinge überschätzte, aber während er sich dies überlegte, stieg es wieder wie ein bitterer, brennender Grimm in ihm auf. Er blieb ihm wie etwas Beklemmendes und Atemraubendes in der Kehle stecken.

Von unten kamen Klänge des Orchesters. Er schlief ein ...

Er tauchte wieder aus einem dumpfen Dämmerzustand auf und hörte Stimmen. Es war nebenan im Salon. Trotzdem er durch das Badezimmer davon getrennt war, hörte er es ziemlich deutlich. Es war Fernande, die fragte: »Seien Sie doch ruhig, er schläft nebenan ...« Georg wurde auf einmal ganz wach.

Dann sprach Tott gedämpft, erregt. Fernande erwiderte: »Ich lasse mir überhaupt nichts befehlen, ich gehe jetzt hinunter, um meinen Tee zu trinken.«

Georg stand an die Tür des Badezimmers gelehnt. Die beiden sprachen wieder leiser, er konnte nur unterscheiden, dass er drohte. Dann ging die Tür nach dem Gang. Sie schritten beide die Treppe hinab. Georg musste sich wieder auf den Diwan setzen. Er empfand eine merkwürdige Schwäche, wie ein Beben in den Knien. Was war das? Um Gottes willen, was war das? War es schon so weit? Er ging tastend der Wand entlang in den Salon hinüber. Sein Kopf war ganz leer. Nur noch wie eine schmerzhafte Höhlung. Es war ihm, als ob er das Gleichgewicht, die ganze Orientierung verlöre. Er musste still stehen, Atem schöpfen. Er fand drüben endlich den Tisch, das Fenster, den Stuhl. Jeder Gegenstand erschien ihm wie eine neue Station, die zu erkämpfen war. Er setzte sich in den Stuhl und hielt sich das Gesicht. Er verlor auch jeden Zusammenhang mit der Zeit. Es kam ihm zum Bewusstsein, dass er gestern um dieselbe Stunde hier in diesem Stuhl gesessen und Fernande in seinen Armen gehalten hatte. Jetzt war ihm, als sei das alles schon eine Unendlichkeit her. Wie entsetzlich das alles war. Jede Stunde stand vor ihm in einem anderen Licht.

Er hörte die Tür gehen. Es war jemand ins Zimmer getreten. Georg fragte: »Wer ist da?« Tott antwortete: »Entschuldigen Sie ... ich sollte das Retikule Ihrer Frau haben. Ich wusste nicht, dass Sie im Zimmer waren ...« Er schwieg. Georg hörte, wie er sich auf einen Stuhl setzte. Das mit dem Retikule musste in jedem Fall ein Vorwand sein. Tott sagte nichts weiter. Georg hörte ihn nur merkwürdig mühsam atmen.

»Wo ist denn meine Frau?«, fragte Georg.

»Sie sitzt unten, mit dem Franzosen«, sagte Tott sehr niedergeschlagen.

»Nun ja«, antwortete Georg, »was ist dabei?«

Tott antwortete nicht.

»Oder sehen Sie etwas Besonderes darin?«, setzte Georg hinzu.

»Trauen Sie diesem Menschen?«, fragte Tott. Es war Georg, als ob der andere den Atem anhielte, während er auf die Antwort wartete.

Georg sagte kühl: »Ich traue vor allem meiner Frau ...« Er hatte den Eindruck, als ob Tott ein ziemlich perplexes Gesicht machte. »Oder, wundert Sie das?«, fuhr Georg ein wenig ironisch fort, als jener ihm sprachlos gegenüber saß.

»Durchaus nicht ... durchaus nicht ...«, pflichtete er jetzt hastig bei. Es trat wieder Stille ein.

»Ja, sie sitzt mit ihm unten«, hob Tott auf einmal wieder an. Er sagte es wie einer, der den Verstand verloren hat, der laut denkt und dessen Gedanken immer wieder zum selben Punkt zurückkehren.

»Sie sind eifersüchtig?«, fragte Georg und versuchte zu lächeln.

»Eifersüchtig ... o nein«, antwortete Tott ganz verächtlich, »was denken Sie auch?«

»Ich hatte diesen Eindruck«, replizierte Georg.

»Nein ... nein ... wiederholte der andere, plötzlich brachte er das Wort nicht mehr heraus und begann, wie in einer wütenden ohnmächtigen Raserei, gleich einem vor Zorn tobenden Jungen zu schluchzen. Georg hatte sich aufgereckt und starrte wie aus einem großen Schrecken vor sich ins Leere. Er fühlte, wie ihm eine schmerzhafte Gewissheit wie etwas Kühles ins Gehirn stieg. Dann sagte er: »Was tut Ihnen denn so weh? Was ist es?«

»Nichts ... nichts ...«, sagte Tott und erholte sich allmählich. Georg hörte nur seinen eigenen Atem, den er langsam aus- und einsog. Es kam ihm als der einzige Trost vor, dass der andere noch so naiv war.

Er sagte zu Tott etwas mokant: »Es ist doch

merkwürdig, wie Sie drei hier ein Drama aufführen und mir ohne weiteres die Rolle des Zuschauers zuteilen ...«

»Ja, ja«, antwortete Tott ganz stupid. Er schien zu viel mit sich selbst beschäftigt zu sein, um für einen anderen noch eine besondere Überlegung zu haben. Er stand auf: »Ich will jetzt wieder hinuntergehen«, äußerte er in einem Ton, als ob er es sich selbst noch überlegte, und als ob er den anderen um Rat fragte: Soll ich ... oder soll ich nicht ...

Tott war hinausgegangen. Fernandes Zofe kam herein, machte sich im Zimmer zu schaffen und ging wieder weg. Georg hörte das alles, aber es war ihm, als ob er daran nicht im geringsten beteiligt sei. Trotzdem er es mit seinen Gedanken erfasste, kam ihm alles, was geschehen war, nur wie etwas unendlich Trauriges und Schmutziges vor. Er fühlte sich müd und matt und unfähig, irgendeinen Entschluss zu fassen. Er wusste: In solchen Fällen hatten die Männer im allgemeinen große heldenhafte Gebärden. Für den Augenblick war es ihm aber nur zumute, als ob er einen Keulenschlag auf den Kopf bekommen hätte. Er dachte plötzlich an jene junge Frau, die ihm damals von ihrem Manne gesagt hatte: »Er überlegte, wie man sich in dieser Situation benimmt ...« War er in diesem Augenblick nicht so grotesk lächerlich wie jener?

Er stand auf und öffnete das Fenster. Die Luft war so lau und schwül wie am Nachmittag. Er ging hinüber ins Schlafzimmer, legte sich nieder. Jetzt erst fühlte er, wie gequält er war. Wo war da ein Ausweg ... Er wollte sich irgendetwas denken, das ihm helfen könnte, aber er vermochte es nicht. Er hörte nur immer Tritte, die auf dem Gang draußen hin und her gingen. Eine Stimme rief: »Einen Tee für Nummer achtundvierzig ...« Je hilfloser er wurde, um so mehr kam ihm jedes kleinste Geräusch zum Bewusstsein. Als ob seine Phantasie sich an das Nebensächlichste klammerte, hörte er, wie man vor der Halle ein Automobil ankurbelte, wie es wegfuhr, wie vom Bahnhof ein Zug pfiff. Dann kam unten wieder ein Lastwagen vorbei, die Scheiben klirrten leise ...

In einem Zimmer nebenan schlug eine Uhr. Er zählte sechs Schläge ...

Da hörte er die Tür zum Salon gehen. Fernande kam herauf ... es war ihm, als ob ihm plötzlich der Atem still stünde ...

Er hatte die Augen geschlossen, als sie hereintrat. Er stellte sich schlafend. Es kam ihm wie eine Feigheit vor, aber er fühlte nicht den Mut zu einer Auseinandersetzung in sich. Er hörte ihre Stimme. Sie sprach leise, zärtlich, als hätte sie Sorge, ihn in seinem Schlummer zu stören, während zugleich etwas sie drängte, mit ihm zu sprechen.

»Was mag sie auf dem Herzen haben?«, überlegte er. Vielleicht bekäme alles ein anderes Gesicht, wenn sie erst redete. Vielleicht war sie noch viel gequälter als er.

Er hörte sie wieder hinausgehen.

Er hatte keine Ahnung, welche Zeit es war, als er in der Nacht aufwachte. Er hatte irgendetwas Dumpfes, Schweres geträumt, das er noch jetzt wie eine leise Angst vor etwas Unbestimmtem und Quälendem in seinen Nerven fühlte. Er griff nach dem Nachttisch, wo eine runde Weckuhr mit freiliegenden Zeigern stand. Er tastete das Zifferblatt ab und fand, dass es zwanzig Minuten nach drei war.

Er war erstaunt, dass er so lange hatte schlafen können. Fernande war später noch einmal zu ihm hereingekommen, aber er hatte wieder nicht die Kraft gehabt, etwas zu sagen. Er hatte Furcht davor wie vor etwas Schrecklichem. Er wusste jetzt, dass er sie verlieren musste. Es stand in seiner Überlegung unabänderlich fest. Zugleich dachte er: »Wenn ich es nicht könnte, wenn ich nicht den Mut dazu fände ...« Was für Demütigungen würden noch kommen, was für schreckliche Demütigungen. Er würde immer irgendwo in einem Stuhl oder auf einer Gartenbank sitzen müssen oder in der Nacht schlaflos in seinem Bett sich wälzen, bis ihre Geschichten mit irgendeinem Geliebten zu Ende wären. Er würde verdammt sein, als ein Mitwissender zu warten. Jetzt log sie noch, hielt noch alles geheim, später würde sie ihm zumuten, dies ganz einfach anzunehmen.

Er fühlte sich in allen Gliedern wie zerschlagen. Die Arme, die Beine waren vor Müdigkeit ganz steif. Ein schmerzhaftes Würgen und Zerren ging ihm durch die Knie. Nur der Kopf war ganz wach und von einer bohrenden, quälenden Klarheit. Am Morgen musste irgendetwas geschehen, das ihn erlöste. Diese Qual war nicht mehr zu ertragen. Was er nachher tun wollte, wusste er nicht. Für ein paar Augenblicke hielt er alles für unmöglich und für einen wüsten Traum. Er dachte wieder an Fernande und ihr schmales Kindergesicht. War es denn wahr? Hatte sie es vollbringen können? Vielleicht sah sie selbst darin gar nichts Tragisches, sondern nur eine Liebelei, die für sie eine Spielerei gewesen war, die ihr jetzt schon unangenehm und gefährlich wurde. Jedenfalls bestand zwischen ihr und Tott schon ein Konflikt.

Er stand auf, öffnete das Fenster und neigte sich hinaus. Unten war alles ganz still. Von der Straße hörte er Stimmen, es drang wie ein fernes Gemurmel herauf. Es waren zwei Männer, die auf dem Trottoir standen und sprachen. Jetzt hörte er es wieder deutlicher. Es kam ihm sonderbar vor, wie sein Ohr sich seit einiger Zeit an die leisesten Geräusche gewöhnt hatte. Er hörte Dinge, die ihm früher nicht zum Bewusstsein gekommen waren. Eine ganze Welt von Lauten, die gleich fernen, kaum merkbaren Schwingungen in der Luft lagen, drang jetzt in seine Nerven. Von fernher hörte er das dumpfe Klopfen eines Motorbootes, das sich zu nähern, sich darauf wieder zu entfernen schien.

Er legte sich wieder ins Bett. Zugleich war ihm, als ob er mit der Stirne gegen eine Mauer stoße. So stand er mit allen Gedanken wieder vor demselben Hindernis. Ein zuckender, fiebernder Schmerz rieselte ihm über die Haut. Der Zustand war zum Schreien unerträglich. Er begann leise Verwünschungen auszustoßen, dann überlegte er, ob er mit ihr nicht abreisen könnte. Sie könnten vielleicht nach Montreux oder nach Lugano fahren. Doch was wäre mit dieser Flucht erreicht. Es würde sich sofort ein anderer Tott oder Siret einstellen. Und vor allem wollte er wissen, was geschehen war. Er wollte ein Geständnis ..., um jeden Preis ein Geständnis!

Wie ihm dieses Wort wohltat. Es war ihm, als ob er es jetzt eben für sich selbst entdeckt hätte. Das war doch etwas, das man erreichen konnte, das war ein Ziel ...

Er sah Fernande ganz geknickt vor sich, wie sie ihm Wort für Wort alles eingestand. Sie hatte dabei ein gequältes, doch etwas trotziges Gesicht, aber er wusste dann alles, er war der Stärkere, an ihm lag es, zu entscheiden.

Plötzlich empfand er wieder die ganze Demütigung, die er dabei erlitt, das Lächerliche, Schmähliche, Kränkende des Betrogenseins. Und dann kam ihm ein Gedanke, den er noch nie gehabt, den er in diesem Augenblick zum ersten Mal dachte. Vielleicht war diese Ehe mit ihr von Anfang an eine Verirrung gewesen. Sie war doch zuletzt von einer ganz anderen Rasse als er. Er wies diese Idee instinktiv zurück. War er nicht gerade darum mit ihr so glücklich gewesen, weil sie verschieden war von ihm? Hatte er für dieses Glück, das sie ihm gegeben, nicht dankbar zu sein? Eine weiche, große Rührung überkam ihn. Er sah sie wie ein verirrtes, halb unverantwortliches Kind ... Dann stieg plötzlich, wie eine heiße Welle, der Hass wieder in ihm, auf. Er konnte es im Bett nicht mehr aushalten, er brachte fast den Atem nicht mehr herauf. Er setzte sich in den Fauteuil ans Fenster.

Er fühlte in seinem ganzen Wesen, dass er sie trotz allem entsetzlich liebte, dass er ihr mit jeder Faser seines Körpers, mit allen Qualen seines Herzens ausgeliefert war. Er wollte aufstehen, er hatte die Hände schon auf der Lehne des Stuhls. Da war ihm, als ob er eine Tür knarren hörte. Er erschrak, drehte nur etwas den Kopf, saß mit offenem Munde da. Die Halsader klopfte laut, er hörte vorerst nur dieses Klopfen, das ihm auf den Atem drückte und wie ein dumpfes Hämmern ins Gehirn drang. Dann hörte er wieder einen Laut. Es war deutlich das Geräusch einer Tür. Die vom Salon konnte es nicht sein, also war es die von Fernandes Schlafzimmer.

Es war jemand hinein oder hinausgegangen. Es ging ihm ein Frösteln über das Genick. Wie mit einem unheimlichen Ruck war ihm alles vor das Gesicht gestellt. Er hatte ein Gefühl wie einer, dem man plötzlich etwas Schreckliches vor die Augen hält und der während einer Sekunde entsetzt zurückweicht.

Aber er stand plötzlich aufrecht, hielt die Hände in die Luft, schritt aus. Es war ihm, als ob er in Wolken ginge. Als ob von unten herauf eine Lähmung in ihn käme, verlor er jede Kraft und dennoch kam er vorwärts. Er stand mitten im Badezimmer, griff mit der rechten Hand aus, hielt einen Ständer, wo Frottiertücher hingen, rang nach Atem, glaubte niedersinken zu müssen, tappte sich vorwärts an die

Wand, stellte sich mit gespreizten Fingern daran auf, indes es in seinem Gehirn schrie: »Ich muss hinüber ... ich werde ihn fassen, alle beide ... ich werde ...« Er keuchte, kam mit keinem Gedanken weiter, sah immer nur schreckliche, wahnsinnige Bilder.

Er schob sich vorwärts, verlor die Wand, stand plötzlich wie im Leeren, drehte sich, wusste nicht, wo er war, hörte wieder ein Knarren ... war es eine Tür, ein Fenster? Er wollte vorwärts stürzen, schlug mit der Stirn an eine Kante, die wie ein Messer war, glaubte Feuer zu sehen und fühlte nur noch, wie es langsam niederging, als ob das Parkett tiefer und tiefer sänke.

Es war ihm, als ob er lange gelegen hätte, als er sich wieder aufrichtete. Er tastete das Gesicht, die Schläfe ab, er blutete jedenfalls nicht. Im Hotel war es still. Es war also noch Nacht. Auf den Knien rutschte er vorwärts, bekam einen Stuhl zu fassen, richtete sich auf, schlich sich an der Wand entlang wieder ins Schlafzimmer zurück.

Jetzt, da er mit bebenden Knien auf dem Bettrand saß, kam es wie ein großes Entsetzen über ihn. Er fühlte dumpf, dass er sie trotz allem noch liebte. Er dachte: Sie könnte mir das Schlimmste, das Entsetzlichste antun, und ich käme nicht von ihr los ... nicht von ihr los ...

Dann umfingen sie seine Gedanken plötzlich wieder mit einer unendlichen Zärtlichkeit. Ihm war, als ob er sie um ihre Jugend, um ihr ganzes Leben betröge, da er sie an sich kettete, und zugleich konnte er sich keinen Morgen und keinen Abend mehr denken ohne sie ...

Zuletzt befiel ihn eine große Niedergeschlagenheit, er überlegte: Ich bin nur noch ein halber Mensch, etwas Schweres und Hilfloses, gleich einem Block, den man irgendwohin gewälzt, liege ich da und warte, bis man mich weiter bringt. Und wieder dachte er: Ich müsste Mut haben, ich müsste so stark sein, um sie von all dem zu erlösen.

Er ging jetzt im Zimmer herum und zog sich an. Er suchte in seiner Reisetasche ein Lederetui. Darin war eine Mauserpistole. Mit einem Druck zog er das Magazin heraus. Er fühlte mit dem Zeigefinger die runden Stahlköpfe der Patronen, es waren noch vier darin. Er setzte sich wieder auf das Bett. Er wusste, dass er diesen Mut nie haben würde. Er dachte: Man kann über ein Feld kriechen, und tausend Kugeln rings um sich pfeifen hören, man kann im Dampf der Granaten liegen, aber dieses Ding an seine Schläfen setzen, das kann man nicht ... Er legte sich wieder in den Kleidern aufs Bett.

Sein ganzer Körper schmerzte ihn.

Er lag wach. Es dünkte ihn entsetzlich lang, bis der Morgen kam. Er griff von Zeit zu Zeit nach den Zeigern der Uhr, die auf dem Nachttisch stand. Die Straße erwachte, die ersten Trambahnen fuhren. Er dachte nur immer: »Wie soll das enden ... wie soll das enden ...?«

Er verfiel wieder in einen traumhaften Schlaf. Später hörte er, wie das Zimmermädchen den Tee in den Salon stellte. Die Tassen klirrten leise. Türen gingen. Dann kamen Tritte.

»Du hast die ganze Nacht so gelegen?«, fragte Fernande erschrocken. Sie hatte wirklich etwas von Angst und Erstaunen in der Stimme.

»Ja«, sagte er. Es tat ihm wohl, dass er lügen konnte. Es kam ihm wie eine Vergeltung vor.

Sie hatte ihm die Hand auf die Stirne gelegt: »Aber du bist doch nicht krank ... du hast doch kein Fieber?«, fragte sie wieder ganz entsetzt.

»Nein«, antwortete er kühl und trotzig. Sie schwieg. Sie schien offenbar gar nichts zu begreifen. »Was für eine Komödiantin«, überlegte er. Er hörte aus jedem Wort nur eine grausame Verlegenheit, die ihn anekelte. Eine leise und zugleich drohende Raserei stieg in seinen Nerven auf.

Er hörte, wie sie das Fenster schloss, sich auf einen Stuhl setzte.

Er sagte plötzlich: »Ich möchte dich um etwas bitten.« Es klang so verlegen, als ob er ihr ein Geständnis machen müsste ...

»Was ist es?«, fragte sie. Er hatte sich aufgerichtet und auf den Bettrand gesetzt.

Plötzlich sagte er, und er wusste kaum, wie ihm das Wort aus dem Mund kam: »Ich gebe dich frei ...« Er schwieg. Es war ihm, als ob er die Erschütterung fühlte, die durch ihren Körper ging.

»Was sagst du?«, kam es ganz tonlos aus ihrem Mund. Er hielt inne, hörte nur sein Blut, das ihm in einem dumpfen Hämmern an die Schläfen pochte: »Ja, ich gebe dich frei«, wiederholte er, nachdem er Atem geschöpft hatte.

»Ich verstehe dich nicht - erkläre dich!«, sagte sie leise und enerviert.

»Ich weiß, dass du mich betrügst«, erwiderte er kühl und hart.

»Du bist wahnsinnig«, stammelte sie, »wie kannst du so etwas denken.« Er hörte, wie sie aufgestanden war, wie sie auf ihn zukommen wollte, wie sie plötzlich wieder still stand, als ob sie vor seinem Gesicht zurückschreckte. Dann jammerte sie: »Es ist ja nicht möglich ... wie kommst du nur auf so etwas?«

Er saß eingeknickt da. Er horchte in einer furchtbaren Spannung auf jeden Laut, der von ihr kam. Er fühlte zugleich eine riesengroße Befreiung in sich. Es tat ihm unsäglich wohl, dass jetzt alles ans Licht gezerrt wurde, was in ihm gewühlt und gebrannt hatte. Wie eine Wollust nach Wahrheit glühte in ihm auf. Er sagte langsam, fast feierlich und doch etwas entgeistert: »Aber ich will, dass du mir vorher ein Geständnis ablegst ...«

Sie antwortete leise und entsetzt: »Aber ich habe doch nichts verbrochen ... ich hab' doch nichts einzugestehen ...« Er hörte ihren gedämpften Tonfall. Es kam ihm vor, als ob ihr bange wäre, dass jemand ein Wort dieses Verhörs erhaschen könnte. Sie hatte natürlich ein Interesse, alles zu verbergen. Er fühlte, wie eine grausame harte Kraft in ihm wuchs. Es lag sonst nicht in seiner Natur, einen Menschen zu demütigen, aber er wollte, er musste jetzt alles wissen. Zugleich war ihm, als ob er mit einer schrecklichen Waffe in seinem eigenen Fleisch wühlte. So entsetzlich schmerzte das. Sie schwieg jetzt. Er wusste nicht, ob es Ratlosigkeit oder Erschöpfung war.

Er sagte: »Ich werde natürlich nachher für dich sorgen ... aber sprich jetzt! ...« schrie er plötzlich auf. Er hörte gar nichts von ihr. Nicht einmal ihren Atem. Er bekam einen verächtlichen, hämischen Zug um den Mund. »Du willst mir natürlich trotzen«, hub er wieder an, »du denkst dir: der kann reden, so lang er will ...« Seine Stimme widerhallte im Zimmer, es kam ihm selbst grotesk vor, wie er dies alles so vor sich hinschrie. Er hielt sich mit beiden Händen die Schläfen, er bat, er flehte: »Aber rede doch ein Wort ...«

Sie sagte langsam, milde: »Ich hab' dir doch nichts einzugestehen ... es ist ja wahnsinnig, was du dir da ausdenkst ...«

Er reckte den Kopf, schob die Unterlippe etwas vor und äußerte stolz und zugleich müde: »Du hältst mich vielleicht für kleinlich, du traust mir nicht zu, dass ich verstehen könnte, was zwischen einem Mann und einer Frau geschehen kann ... Oder zwischen einer Frau und Männern«, er sagte es leise und mit einer schmerzhaften Grimasse, dann fuhr er fort: »Glaubst du, ich halte mich für den einzigen, der von seiner Frau lächerlich gemacht worden ist?«

Er hörte ihre Stimme: »Ich schwöre dir, dass ich dich nie betrogen habe ...«

Er zuckte mit den Achseln: »In dieser Situation schwört eine Frau immer ...«

Sie stammelte bebend: »Du beschimpfst mich so entsetzlich ...« Er hörte sie leise schluchzen. Er lauschte etwas apathisch. Plötzlich raffte sie sich auf und begann zu reden, zu protestieren. Sie verteidigte sich mit ihrem ganzen Herzen, mit der ganzen Kraft ihres Gefühls. Er saß da, als ob er in eine starre Maske gehüllt wäre. Sie begann von neuem und mit aller Inbrunst. Wer es lag nicht in ihrem Wesen, pathetisch zu reden. Ihre Worte klangen unwillkürlich übertrieben.

Er hörte nur diese Übertreibung. Es klang ihm alles unwahr.

Er hatte beide Hände auf die Knie gelegt: »Gib es doch endlich auf, mich zu täuschen!« Bei jedem Wort bewegte er ruckweise den Kopf: »Dass du mich fortwährend so anlügst, ist ebenso entsetzlich wie das, was du getan hast ...«

»Ich bin müde«, sagte sie, »ich kann mich nicht länger mit dir streiten ...«

Er fuhr auf: »Bist du jetzt noch nicht fähig zu verstehen, was du getan hast?« Es schüttelte ihn, ein beißender würgender Schmerz kroch ihm in den Hals - seine Schultern begannen zu zucken, er schluchzte in einem tiefen unendlichen Weh, wie er als Junge laut und rückhaltlos geweint hatte.

Sie stürzte auf ihn zu, wollte ihn umschlingen, aber als ob ihn dies wieder zu sich brächte, stieß er sie zurück. Er hörte, wie sie sich wieder zum Fenster schleppte.

Er begann wieder bittend, flehentlich: »Gestehe mir alles ein ... wenn du mich je geliebt hast ... um unserer vergangenen Liebe willen, gestehe es mir ein ...«

Es kam kein Wort. Er dachte: ›Wie furchtbar, wie grauenhaft verschlagen sie diese Komödie weiterspielt.‹

Er sagte leise, ganz einfach und ernst: »Ich will deinem Glück nicht im Wege sein, glaube das nicht, aber sei einmal ehrlich - wenn du mich auch von Anfang an betrogen hast - sag' es mir - sei einmal ehrlich, wenn du noch etwas von Ehrfurcht in dir hast, vor dem, was zwischen uns war - lass mich nicht in diesem Zustand ...«

Er hörte nur, wie sie mutlos und schwer aufatmete ...

»Lass mich nicht in diesem Zustand!«, schrie er wieder auf, »es ist unmenschlich - grauenhaft.«

»Du quälst dich mit Hirngespinsten«, warf sie jammernd ein. »Komm doch zur Vernunft.«

Er lachte leise und hämisch: »Natürlich, du wirst mich für verrückt erklären, du willst mich und die anderen an meinem gesunden Verstand zweifeln lassen, aber du wirst es nicht vermögen - gib es auf, du wirst es nicht vermögen ...«

Sie stammelte entsetzt: »Wenn du wüsstest, wie ich dich liebe ...«

»Komödiantin!«, stieß er abrupt heraus.

»Ich kann nicht mehr«, sagte sie plötzlich entschlossen. Er hörte, wie sie aufgestanden war. »Ruh' dich aus, komm zum Verstand, du weißt ja nicht, was du redest ...« Ihre Worte klangen ruhig und doch gereizt und zugleich schwang noch etwas mit, als ob sie all dieses Streites unendlich überdrüssig wäre.

Er hatte den Eindruck, als ob sie sich der Tür nähern wollte: »Wo willst du hin? ...«

»Hinüber«, sagte sie matt.

»Du wirst dieses Zimmer nicht verlassen, ehe du mir eine Antwort gegeben hast ...« Jeder Laut aus seinem Munde war zu einer Drohung geworden.

»Ich werde jetzt hinübergehen«, erklärte sie einfach bestimmt.

»Du wirst jetzt reden - ich verlange das von dir«, stöhnte er. Ein kühler Schauer stieg ihm das Rückgrat hinauf. Er fühlte deutlich, wie er ihm ins Gehirn rieselte, wie es dort zu glühen begann, wie es ihm leise über das Gesicht strömte - gleich einer Flamme schlug es vor ihm auf: »Bleib da!«, keuchte er. Er hörte ihren Tritt, der ihm entgegenkam, und an ihm vorbei wollte. »Bleib da!«, keuchte er wieder. Es klang wie ein wimmerndes, inbrünstiges Flehen.

Sie rückte einen Stuhl, der an der Wand stand -

»Sie will hinaus ... ich muss es verhindern«, zuckte es ihm durch die Schläfen. Er schnellte auf, griff mit den Armen, mit den Händen aus, - er lief nach der Tür - wusste nicht mehr, wo sie war, hörte sie seitwärts laut erregt atmen.

Plötzlich schrie sie: »Lass mich durch ...« Er fuhr wie ein Wahnsinniger mit den Händen durch die Luft, bekam den Tisch zu fassen, hatte plötzlich die Pistole in der Hand, umkrampfte sie, hob den Arm, als wollte er sie ihr ins Gesicht werfen ... dann knallte es plötzlich zwei ... dreimal - ein Schrei - eine Lampe zersplitterte ... ein Fall ... er hatte den Mund aufgerissen ... Als ob er mit rasender Geschwindigkeit in einen tiefen Schacht hinuntersauste, in eiskalte Luft, gefror ihm der Schweiß auf der Stirne: »Ich habe sie getötet«, durchflammte es ihn – »ich habe sie getötet – mag sie mich betrogen haben – was ist das, was bedeutet das – nichts ... nichts ... wenn sie nur noch lebte – himmlischer Vater – wenn sie nur noch lebte ...«

Er schlug sich die Hände vor das Gesicht, brach zusammen, Geräusch kam auf dem Korridor und plötzlich war ihm, als ob ihm etwas näher käme, als ob jemand auf den Knien vor ihm rutschte. Er stammelte: »Du lebst? ...« Da fühlte er, wie sie die Arme um ihn schlang, als ob sie ihn mit einer unendlichen, himmlischen Kraft umklammern wollte, ihre Lippen brannten auf den seinen, wie ein süßes, schwelendes Feuer. Dann flüsterte sie hingegeben und leise: »Ich liebe dich ...«

Fieber

Der Zug fuhr jetzt schon eine gute Weile bergan. Friedrich Hardy langte nach der Uhr, die er seitlich auf den Klapptisch gelegt hatte. Es ging auf fünf. »Noch zwei Stunden«, dachte er. Er war jetzt plötzlich doch sehr beklommen. Er legte sich in die Kissen zurück und horchte auf den einförmigen Rhythmus des Zuges. Dann sah er auf einmal Ceciles Gesicht, so wie er es zum letzten Mal erblickt hatte. Sie lag ganz starr auf dem Diwan ausgestreckt, den Blick hatte sie entsetzt nach der Decke gerichtet, als ob sie ihn nicht mehr anzusehen wagte. Über ihr Gesicht aber floss es wie eine große Welle Blutes, ihre Wangen brannten wie im Fieber, und sie gab keine Antwort mehr.

In diesem Augenblick wusste Hardy, dass sie ihn fürchtete und zugleich, dass sie ihn verraten hatte. Es war auch Wahnsinn gewesen, sich ihr anzuvertrauen. Solch ein Ereignis war für das Gehirn einer Frau zu groß. Aber hatte er denn nicht gemusst, da doch alles um ihretwillen geschehen war?

Eine Stunde vorher war er aus der Klinik zurückgekommen. Er hatte eben eine der schwersten Operationen vollbracht. Es handelte sich um einen ganz verzweifelten Fall von Tuberkulose. Ein Amerikaner, der von Davos gekommen war, hatte sich ihm vorgestellt mit einem völlig phthisischen rechten Lungenflügel. Hardy sah keine andere Hilfe als seine Methode der Thorakoplastik. Er hatte die ganze rechte Brusthälfte bloßzulegen, alle Rippen abzuschneiden und die Riesenwunde wieder zu schließen. Der infizierte rechte Lungenflügel musste unter der Einwirkung des äußern Druckes zusammenschrumpfen, vernarben, während der linke so die Möglichkeit der Genesung hatte. Hardy machte diese Operation mit verblüffender Geschwindigkeit in dreißig Minuten, wobei das Arbeiten noch erschwert war durch das Stöhnen des Patienten, der infolge der Unmöglichkeit der Narkose nur durch lokale Anästhesie geschützt werden konnte.

Hardy war dann etwas müde und erregt nach Hause gekommen, hatte nach der Szene mit seiner Frau den gelben Handkoffer gepackt und ohne ein Wort zu sagen, das Haus verlassen. Er erinnerte sich auch nicht, auf der Fahrt zur Bahn irgendeinem Bekannten begegnet zu sein. Was allerdings nicht ausschloss, dass er dennoch gesehen worden war.

Das war am Abend, genau vierundzwanzig Stunden nach Richards Tod gewesen, der in Hardys Privatklinik an einer Apoplexie gestorben war. So hatte Hardy auch in den Totenschein geschrieben. In jenem Augenblick rechnete er allerdings noch nicht damit, dass nach Richards Testament sein Kollege Maur die Autopsie vorzunehmen hatte. Vielleicht hatte auch dieser Umstand Hardy zu seinem Geständnis gegenüber seiner Frau veranlasst.

Hardy war jetzt fast über fünfzig Jahre alt, aber sein Ruhm als Chirurg datierte schon seit etwa fünfzehn Jahren. Er war von der Magerkeit gutrassiger Menschen, hatte ein schmales, nervöses Gesicht, sehr dunkle Augen und einen grauen Spitzbart. Sein großes Talent aber lag in seinen Händen. Sie waren von einem unendlichen, fast mysteriösen Gefühl für die innere Form des menschlichen Körpers begabt, dabei von einer stupenden Geschicklichkeit. Darin lag sein Riesentalent.

Mit fünfundvierzig hatte er sich erst verheiratet. Cecile war in der Stadt als eine große Schönheit bekannt gewesen und hatte sich merkwürdigerweise nicht vor ihrem siebenundzwanzigsten Jahre vermählt.

Hardy horchte wieder auf das monotone Stampfen des Zuges, dann ließ er vom Bett aus das Rouleau am Fenster in die Höhe. Ein grüner Wiesenrain glitt draußen vorbei, darauf kam Gehölz, dann öffnete sich der Wald, unten tat sich eine schwarze Schlucht auf. Der Zug fuhr über eine Brücke, eine Ruine ragte seitwärts aus den Bäumen, ein Bahnwärterhaus tauchte auf, eine große, verschlafene Frau stand da und hielt einen Stock in der Hand, aus einem Giebelfenster hing ein Betttuch. Hardy streckte sich wieder aus.

Er starrte gegen die Couchette, die über ihm hing und leer war. Er hatte vor der Abfahrt ein Trinkgeld gegeben und war so allein geblieben. Er hätte auch die Gegenwart eines anderen Menschen nicht ertragen. Er überlegte jetzt, was geschehen konnte, wenn er in der Stadt, die er als Refugium gewählt hatte, aus dem Bahnhof trat. Vielleicht stand schon ein Geheimpolizist da und legte ihm ganz sacht die Hand auf den Arm. Vielleicht stand in den Morgenzeitungen auch schon ein Telegramm, das von dem mysteriösen Todesfall sowie von seiner Verfolgung sprach. Alles war möglich.

Maur hatte die Autopsie in den Vormittagsstunden des gestrigen Tages in Hardys Klinik unternommen. Sie musste gegen zehn Uhr schon beendet gewesen sein, denn als Hardy gegen halb elf von der Wohnung antelefoniert hatte, war er schon wieder weg gewesen. Was Hardy verdächtig erschien, war, dass Maur nachher nichts hatte von sich hören lassen. Nach Tisch hatte Hardy mit Cecile gesprochen. Als er um sieben Uhr aus dem Spital zurückkam, war sie schon völlig verstört gewesen. Jedenfalls aber in höherem Grade erregt als am Mittag. Vielleicht hatte Maur inzwischen angerufen, vielleicht war er da gewesen. Vielleicht hatte man sich auch von der Staatsanwaltschaft aus schon nach ihm erkundigt. Wenn Maur nach dem Befund sofort Anzeige gemacht hatte, war es sehr leicht möglich gewesen. Vielleicht wäre er sogar im Spital schon verhaftet worden, wenn es nicht noch an einer Formalität oder Unterschrift gefehlt hätte. Dass der Verhaftungsbefehl nicht komplett geworden war, lag vielleicht an einem Zufall.

Hardy sah jetzt wieder Richard, seinen besten Freund. Er sah sein totes Gesicht in den Kissen liegen, etwas bläulich und gedunsen, wie alle, die am Erstickungstod gestorben sind. Aber am ganzen Körper war keine Spur. Hardy hatte schon viele Menschen sterben sehen. Diese röchelnden, gurgelnden Laute, die die letzten Atemzüge begleiten, waren seinem Ohr nichts Schreckhaftes. Dazu hatte jener nicht stark gelitten. Er hatte ganz ruhig dagelegen und war vor allem fast ahnungslos gewesen, während ihm die Lähmung im Körper aufstieg.

Hardy drehte sein Gesicht nach der Wand. Der Zug ging über Weichen, wurde gerüttelt, fuhr jetzt mit hohlem Geräusch in eine Bahnhofshalle ein. Aber auf dem Perron schien alles ruhig zu bleiben. Niemand stieg aus oder ein. Im Couloir hörte er den Kondukteur des Schlafwagens mit einem anderen reden. Der Kondukteur sprach Bayerisch, die andere Stimme Schweizerdeutsch. Hardy verstand kein Wort davon.

Der Zug fuhr wieder an.

Wenn zwar Hardy überzeugt war, dass dies alles so hatte geschehen müssen, so empfand er doch über die Tatsache jetzt einen seltsamen Kummer. Es war ihm fast unwahrscheinlich, dass Richard tot war. Mit einer dumpfen Wehmut dachte er daran, dass ihm das Schicksal dies auferlegt hatte. Wie unheimlich dies alles doch war. Man hatte zehn, fünfzehn Jahre fast täglich zusammengelebt, dann hatte er geheiratet, und im selben Moment hatten sie sich beide verwandelt, sie, die sich vorher die kleinsten Regungen anvertraut hatten. Ob ihn Richard von jenem Augenblick an gehasst hatte? Dass jener Cecile liebte, wusste er schon längst, dass er ihn töten müsste, erst seit ein paar Tagen.

Hardy sah sich plötzlich zwischen zwei Schutzleuten auf der Anklagebank sitzen. Ein Anwalt im schwarzen Talar stand vor ihm und redete. Redete immerfort. Und Hardy wusste selbst genau, dass es keinen Sinn hatte, ihn zu verteidigen, dass er verurteilt werden musste. Wegen Mord verurteilt. Denn er hatte den anderen mit Vorbedacht getötet. Mit einem Vorbedacht, der zwar auch wie eine Notwehr hätte interpretiert werden können. Wie aber hätte diese Notwehr bewiesen werden müssen? Wo doch alles, was Hardy dazu genötigt hatte, ganz im Mysteriösen lag.

Friedrich Hardy hatte sein Leben lang ein fast krankhaftes Gedächtnis für Situationen gehabt. Er konnte sich nach einem, nach zwei Jahren noch fast genau wieder vorstellen, wie zwei Personen in diesem oder jenem Augenblick nebeneinander gestanden hatten, was sie für Gesten gemacht, wie der Ausdruck ihres Mundes, ihrer Augen gewesen war. Das alles sah er mit unheimlicher Deutlichkeit. Er liebte es, solche Situationen in Zusammenhang zu bringen, zu kombinieren, wodurch er zu ganz merkwürdigen Entdeckungen kam.

Auch das mit Cecile und Richard hatte er so entdeckt. Es hatte begonnen, als sie alle drei zusammen vor zwei Jahren im Sommer auf dem Land waren. Hardy hatte gerade in jener Zeit ein paar schwere Fälle in der Klinik gehabt, und fuhr oft nachmittags, manchmal schon in der Morgenfrühe, in die Stadt. Eines Tages kam er am Spätnachmittag zurück. Er erinnerte sich heute noch genau, dass es an einem Freitag gewesen war. Richard und Cecile seien nach dem Wald geritten, sagte ihm der Diener. Ohne einen besonderen Gedanken, sondern einzig aus dem Wunsch, sich Bewegung zu machen, ging er ihnen nach. Langsam schritt er auf den grasüberwachsenen

Feldstraßen. Es war ein warmer Augustabend, nicht heiß, denn es hatte zwei Tage lang geregnet. Aber eine wohltuende Wärme dampfte aus der Erde. Hardy war wohl eine Stunde weit gegangen. Er schritt auf einem von tiefen Furchen durchwühlten Waldweg. Die beiden zu finden, dachte er nicht. Aber plötzlich hörte er ein Pferd wiehern. In einer Lichtung waren die beiden Tiere an einen Baum gebunden und rieben behaglich die Köpfe aneinander. Von Richard und Cecile war keine Spur. Hardy machte sich daran, die beiden zu suchen. Er fand sie plaudernd im Moos sitzend. Jedes an einen Baum gelehnt. Es war kaum etwas Verdächtiges dabei.

Am folgenden Tag begann er mit Cecile eine zweiwöchige Reise nach Dalmatien. Er dachte dabei an nichts anderes, als dass, wenn es möglich wäre, ein Malheur verhütet werden sollte. Dass ihn die beiden betrogen hatten, glaubte er nicht. Cecile zeigte auch in ihrem Wesen eine so vollkommene Ruhe, dass er den Gedanken nach ein paar Tagen aufgab.

Im Winter sah man sich wieder in der Stadt. Richard verkehrte im Hause wie zuvor. Es lag ja schließlich auch keine Nötigung vor, ihm unbedingt zu misstrauen.

Dann aber kam im vorletzten Winter ein zweites Indizium. Sie waren alle drei bei Freunden eingeladen gewesen. Man brach sehr spät auf. Und Hardy selbst hatte, wie er heute noch genau wusste, an jenem Abend etwas viel schweren Wein getrunken. Richard und Cecile stiegen vor ihm die Treppe hinunter. Hardy selbst stand noch mit dem Hausherrn in der dritten Etage. Er schaute aber unwillkürlich den beiden nach. Sie taten sich wirklich keinen Zwang an. Richard hatte seinen rechten Arm um ihre Hüfte gelegt, und sie stiegen zutraulich aneinandergeschmiegt die Treppe nieder; als er selbst aber unten ankam, waren sie beide wieder so unbefangen, dass Hardy selbst an jener Wahrnehmung zu zweifeln begann. Vielleicht hatte Richard sie einfach gestützt, auf diese allerdings etwas außergewöhnliche Art gestützt. Aber es blieb Hardy im Gedächtnis. Er sah die beiden die Treppe hinuntersteigen. Er sah seinen Arm um ihre Hüfte.

Richard ging dann bald nachher auf eine Orientreise. Er hatte nie einen bestimmten Beruf gehabt, sondern seine ganze Tätigkeit war seinen Sammlungen gewidmet. Er hatte auch ein paar kleine Monographien geschrieben, aber sein Talent bestand weit mehr in seinem besonderen Geschmack als Kollektioneur. Das hatte vielleicht Cecile entzückt, seine Gewandtheit gegenüber Bildern, Stoffen, Bijouterien. Dazu war Richard ein schlanker, nicht schöner, aber interessanter Mensch, mit einem sportgestählten Körper. Sein Gesicht war glatt rasiert, und er wurde trotz seiner zweiundvierzig Jahre auf fünfunddreißig und weniger geschätzt. Sein einziges Gebrechen waren zeitweilig auftretende Neuralgien, die oftmals sogar einen sehr heftigen Charakter annahmen.

Hardy hielt diese seine Erfahrungen mit Richard und Cecile gleich kinematographischen Bildern im Auge. Mit einem Ruck vermochte er sie einzuschalten und so lange auf sich wirken zu lassen, bis seine Eifersucht daran müde und satt geworden war.

Was aber sein Misstrauen besonders im letzten Winter gestärkt hatte, war der Umstand, dass Richard ein Verhältnis zu einer verheirateten, noch jüngeren Frau, welche Beziehung fast zehn Jahre gedauert hatte, plötzlich aufgab. Hardy sah darin etwas, das seinem Pessimismus gegenüber seiner Frau plötzlich eine logische Berechtigung zu geben schien.

Aber nun kam das Entscheidende. Hardy hatte im letzten Winter kurz nach Neujahr wegen einer Operation für zwei Tage verreisen müssen. Er hatte Cecile erst nahegelegt, ihn zu begleiten. Sie hatte abgelehnt. Sie hatte beschlossen gehabt, für diesen Abend ins Theater zu gehen. Als Hardy zurückkam, erzählte sie, dass sie am gestrigen Abend in der »Tosca« gewesen sei. Durch einen Zufall sprach er wenige Tage nachher über diese Aufführung mit Freunden, die gleichfalls im Theater gewesen waren. Es stellte sich dabei heraus, dass Cecile jenen Abend jedenfalls nicht im Theater verbracht hatte. Hätte ihn nicht sein Misstrauen gleich einer fressenden Krankheit gequält, so hätte er vielleicht ihrer Lüge keine große Bedeutung beigemessen. So aber kam er an jenem Tage mit der Gewissheit ihrer Untreue nach Hause.

Sie saß im Salon und las. Als er sie aber anschaute, ihrem stillen, klaren Blick begegnete, brachte er kein Wort von einer Anklage heraus. Nur eine unheimliche, marternde Qual empfand er in seinen Nerven. Er ging in sein Zimmer und setzte sich völlig betäubt in den

Schreibtischstuhl. Er war ganz verwirrt. Er war sich gar nicht darüber klar, ob nicht doch alles einfach ein Gebilde seiner Vorstellung sei.

Die Gewissheit kam ihm erst einen oder zwei Tage darauf. Richard war eines Mittags zum schwarzen Kaffee gekommen. Seiner Gewohnheit gemäß blieb er dann noch sitzen, während Hardy gegen drei Uhr in die Poliklinik ging. Es war ein paar Minuten vor seinem Aufbruch. Cecile lag etwas träg in ihrem Fauteuil zurückgelehnt und rauchte eine Zigarette. Richard saß ihr gegenüber auf dem Sofa. Man redete von ganz gleichgültigen Dingen. Die beiden, die von Hardy etwas beobachtet wurden, waren ruhig wie gewohnt. Hardy war schon in den Korridor gegangen, um den Hut und die Handschuhe zu holen. Als er wieder unter die Tür trat, fragte er aber plötzlich ganz ohne besonderen Nachdruck: »Richard, willst du nicht mit mir kommen?«

Richard drehte nur langsam den Kopf: »Aber selbstverständlich«, sagte er. Cecile hatte mit einem großen Blick zu ihm hinübergesehen. Hardy aber wusste jetzt, dass er den beiden in diesem Augenblick irgendeinen Plan zerstört hatte, dass sie ihn betrogen.

Während er nachher mit Richard wegging, sah er aus seiner Erinnerung ein Bild nach dem anderen. Wie eine klare, schmerzhafte Erleuchtung durchzog es sein Gehirn. Er war nur erstaunt, dass er diese selbe Gewissheit nicht schon an jenem warmen Augustabend empfunden hatte.

Als er am Abend zurückkam, hatte Cecile schon gegessen. Er fand sie nachher am Klavier sitzen. Sie spielte gut, aber ohne besonderes Talent. Er trat zu ihr an den Flügel und schaute ihr, während sie ein Impromptu von Schubert spielte, ins Gesicht. Ceciles Gesicht war ein ebenmäßiges, blasses Oval. Sie hatte schwarze Haare, schwarze Augen und sehr weiße Zähne. Sie war groß und schlank, der Ausdruck ihrer Züge verhalten und klug. Es war seltsam, dass ihre Stimme nicht zu ihrem Gesicht passte. Sie war weder zu hoch noch zu tief, aber man war erstaunt, wenn man sie zum ersten Mal hörte. Cecile redete auch nicht viel. Sie widersprach vor allem nur selten. Sie schwieg. Sie sah dabei aus wie jemand, der kaum Wert darauf legt, eine Meinung zu äußern.

Selbst Hardy, der sie mit brennender Leidenschaft liebte, empfand diese Haltung oft nicht anders als eine Pose, die sie vor Explikationen zu retten hatte. Er war jetzt auf irgendeine solche Überraschung gefasst. Vielleicht gab sie ihm keine Antwort, war um keinen Preis aus der Fassung zu bringen.

Aber er fühlte jetzt, dass es sie ärgerte, wenn er ihr so an den Flügel gelehnt ins Gesicht sah. Einmal, wie über einen Atemzug, schaute sie auf. Sie musste etwas wie einen Triumph in seinen Augen gelesen haben, denn ihre Augenbrauen schoben sich leicht, ein ganz klein wenig nach oben. Cecile hatte diese Bewegung oft bei einer verblüffenden Konstatierung. Hardy empfand sie wie ein neues Indizium. Sie hatte zu spielen aufgehört:
»Du kommst spät«, sagte sie.

»Na ja ...«, äußerte er. Halb spöttisch, halb verzweifelt. Er war selbst über den Ton seiner Stimme verwundert.

»Was ist mit dir?«, fragte sie und sah auf. Sie schauten sich eine Weile fest in die Augen. Es war wie ein entsetzlicher, verzweifelter Kampf zwischen ihnen. Als ob da schon der Entscheid fallen sollte, starrten sie sich an. Aber keines wich. Und doch wussten beide, was dieser Blick für eine Bedeutung hatte.

Da sagte er leise und doch so bestimmt, als ob er keine Antwort erwartete: »Ich weiß, dass du mich betrügst ...«

Ihr Gesicht zuckte mit keinem Nerv. Sie fragte nur: »Woher weißt du das?«

Er sagte: »Willst du leugnen?« Da senkte sie den Blick. Sie gab keine Antwort mehr. Es war ihm jetzt doch, als ob man ihm ins Gesicht geschlagen hätte. Er zog sich in eine dunkle Ecke des Salons zurück und blieb lange stumm. Auch Cecile sprach kein Wort. Sie hatte ihre Hände im Schoß liegen und starrte nachdenklich vor sich hin.

Da hob sie auf einmal den Kopf: »Was willst du nun tun?«

Er sagte: »Ich weiß es noch nicht ...« Eine beklemmende atemraubende Wut stieg in ihm auf: »Du hast natürlich diese Szene schon lange vorausgesehen?«, fragte er höhnisch. Sie zuckte nur mit den Achseln. Er fühlte deutlich, dass er ihr gleichgültig war, dass sie sich auch vor den Folgen gar nicht fürchtete. Er saß da, atmete mühsam: »Und du liebst ihn wirklich?«, kam es endlich aus seinem Munde. Sie zuckte wieder mit den Achseln.

Diese grenzenlose äußere Kühle, während er schier vor Verzweiflung brannte, machte ihn ganz irr. Und da geschah das Unerwartete. Cecile erhob sich plötzlich, kam lächelnd auf ihn zu, nahm sein Gesicht in beide Hände und sagte: »Du Narr, es ist ja gar nicht wahr!« Dann küsste sie ihn auf den Mund. So groß vorher seine Qual gewesen war, so stark wurde jetzt plötzlich seine Leidenschaft. Sie hatte ihn völlig entwaffnet. Mit diesem einzigen, einfachen Wort hatte sie mehr erreicht, als irgendein Beweis zu erwirken vermocht hätte. Er zog sie zu sich nieder. Er taumelte, während er sie zum Diwan führte. Nie glaubte er, sie so geliebt zu haben. Er war wie in einem sinnverwirrenden, schmerzhaften Rausch, während er sie in seinen Armen hielt und sie ihm seine atemlosen Küsse zurückgab.

Er war nachher wie gebrochen. Seine Nerven ertrugen diese Überreizung kaum. Sie sprachen nun lange und ruhig zusammen. Sie sagte etwa: »Wie konntest du es glauben.« Sie lächelte dazu ruhig und unschuldig. Er hielt sich die Schläfen. Sein Gehirn war noch wie im Fieber. Er war im Innersten unsäglich glücklich, dass alles so zum Guten gewendet war. Seine Nerven verlangten auch, dass es so sei. Er fühlte es deutlich.

Vor Erregung lag er noch die halbe Nacht wach. Er war dem Schicksal unsäglich dankbar, dass er diese junge schöne Frau besitzen durfte, dass sie ihm gehörte. Er dachte an seine grauen Haare, an sein müdes, abgearbeitetes Gesicht. Das Telefon klingelte. Er wurde in die Klinik gerufen. Mit leisen Füßen ging er an Ceciles Zimmer vorbei, um sie nicht zu wecken. Rasch, wie ein junger Mann, schritt er die Treppen hinunter. Nie hatten ihn die Assistenten und Krankenschwestern so lächelnd, so gefühlvoll gesehen, wenn er mitten in der Nacht geweckt worden war.

Friedrich Hardy war ein paar Tage lang sehr glücklich. Auch Richard empfand die Veränderung in seiner Haltung. Während Hardy ein Gefühl hatte, als ob er dem Freunde gegenüber sein Misstrauen durch Herzlichkeit wieder gut machen müsste, wurde Richard misstrauisch. Das machte Hardy wiederum stutzig.

Eines Abends war er mit Cecile wieder allein. Richard sagte jetzt öfters Einladungen ab. Hardy rauchte Zigaretten und las in einer Fachzeitschrift. Cecile trank noch spät einen milden Tee. Hardy hatte, wenn er las, ein Glas nötig, das er aber sofort abnahm, wenn er das Wort an irgendwen richtete. Er wusste, dass ihm das Glas nicht gut stand. Er war trotz seiner fünfzig Jahre noch etwas eitel.

Da begann Cecile ohne Nachdruck, als ob sie von etwas sehr Nebensächlichem redete: »Wie bist du neulich eigentlich auf diese Geschichte gekommen?« Er schaute auf, legte das Heft in den Schoß: »Ich weiß es auch nicht, es war ganz instinktiv ...« Er sann.

Sie schien aber neugierig zu sein, denn sie hob wieder an: »Aber du musstest doch schließlich einen Grund gehabt haben. Irgendein Motiv, das einen solchen Verdacht aufkommen ließ ...«

Da erzählte er ihr von seinen Wahrnehmungen. Sie hörte aufmerksam zu. »Es ist furchtbar, wie man auf so falsche Schlüsse hin einer Frau unrecht tun kann, glaubst du nicht?«

»Ja, schon ...«, antwortete er. Er verweilte gern bei diesem Gespräch. Es war ja eigentlich doch noch viel Unklares da, das aufgehellt werden konnte: »Aber im ersten Moment hattest du doch alles zugegeben«, behauptete er.

»Ich war so verblüfft, dass ich es aus Trotz tat, einfach aus Trotz ...«, erklärte sie. Das erschien ihm begreiflich. »Bist du eigentlich von Natur eifersüchtig?«, fragte sie darauf.

»Ich glaube kaum. Vielleicht war das für mich auch immer ein Gefühl, das ich zu kultivieren nie Zeit hatte ...« Er lächelte. Es amüsierte ihn jetzt, so ganz ruhig seine Seelenzustände zu sezieren.

»Aber ich glaube doch, dass du eifersüchtig bist ... von Natur«, begann sie wieder.

»Warum sagst du von Natur?«

»Weil die Eifersucht eine Eigenschaft ist, die man hat oder nicht hat. Wer eifersüchtig ist, wird es immer sein und gegenüber jeder Frau, die er liebt. Er wird nie Vertrauen haben, ob nun diese Frau die beste oder die schlechteste aller Frauen ist ...«

Hardy hatte aufmerksam zugehört. Es schien ihm durchaus logisch zu sein, was Cecile sagte. »Und nun glaubst du, dass ich zur Kategorie dieser Eifersüchtigen gehöre?« fragte er.

Sie schien aber einem ganz anderen Gedanken gefolgt zu sein, denn sie äußerte plötzlich: »Was hättest du nun aber getan, wenn es wahr, wirklich wahr gewesen wäre?«

Er blickte sie etwas verblüfft an. Die Wendung des Gesprächs schien ihm doch unheimlich zu sein. »Ich hätte vielleicht gar nichts getan«, antwortete er, »oder vielleicht etwas ganz Unmögliches, wer weiß, im übrigen liegt jetzt auch kein Grund zu solchen Erwägungen vor, oder?«

»Gewiss nicht«, gab sie zu. Sie blieben eine Weile stumm. Sie hatte ganz klar den Eindruck, dass sie sein Misstrauen wieder geweckt hatte. Er grübelte über ihre Worte nach. Sie waren ihm wirklich schlecht bekommen. Warum hatte sie diese Frage gestellt? Warum hatte sie diese Möglichkeit überhaupt angenommen?

Nach der Art nervöser Menschen sah Hardy jetzt plötzlich alles ins Gegenteil verkehrt. Wie unheimliche, aufreizende Phantome stoben die Bilder seiner Erinnerung durch sein Gehirn. Es war ihm plötzlich unmöglich, unerträglich Cecile gegenüber zu sitzen.

Er ging hinaus. Nahm Hut und Stock und ging die Treppe hinunter. Cecile hatte ihn, ohne ein Wort zu sagen, weggehen lassen. Das schien ihm auch verdächtig. Er sah noch ihre großen, etwas erstaunten Blicke, die ihm nachfolgten, während er sich unter der Tür noch einmal umdrehte. Er hatte jetzt, während er in die Nacht hinaus schritt, den Eindruck, als ob sie im Grund ganz kühl und kalt gewesen sei. Als ob sie ihn listig und schlau beobachtet hätte, nur um ihn auszuhorchen.

Die Straßen waren still, er überquerte einen Platz, wo eine Haltestelle für Mietautomobile war. Er stand still, besann sich, ob er nicht mit einem solchen Wagen irgendwohin, ganz wohin der Zufall es möchte, fahren sollte. Dann schritt er weiter, ging an einer Anlage vorbei. Unwillkürlich kam er in den Stadtteil, wo Richard wohnte. Ohne es zu wollen, lenkte er seine Schritte in seine Straße ein. Richards Wohnung war in einem älteren Haus in der dritten Etage gelegen. Es war Licht in seinen Zimmern. Auch das machte Hardy stutzig. Richard hatte gestern geäußert, dass er für drei Tage nach Berlin führe. Warum war er dann nicht gefahren? Konnten nicht Richards Reisen überhaupt Täuschungen sein? Das war ja sehr wohl möglich.

Hardy war vor der Haustür stehen geblieben. Über der Tür sah er durch eine Glasscheibe, dass der Korridor noch erleuchtet war. Es musste also eben jemand hinaufgegangen sein. Zugleich hörte er Tritte hinter sich. Es war eine jüngere Dame, die ein Seidentuch um den Kopf gewunden hatte und, wie es Hardy schien, aus einem Konzert kam. Sie drückte auf einen elektrischen Knopf, stellte sich dann neben ihn und wartete.

Die Tür ging auf. Hardy konnte nicht anders, als mit ihr in das Haus zu treten. Er stieg auch die Treppe hinan, ohne dass er es eigentlich wollte. Das junge Mädchen blieb in der ersten Etage stehen, während er gemächlich an ihr vorbei und hinauf ging. Er hörte, wie die Korridortür der ersten Etage aufgeschlossen wurde und wieder zuklappte.

»Er wird gewiss erstaunt sein, wenn ich plötzlich bei ihm ankomme«, dachte er. Aber zurück hätte er jetzt doch nicht mehr können, da die Haustür unten sich automatisch wieder geschlossen hatte.

Er hatte jetzt Herzklopfen, während er an der Korridortür läutete. Der Diener kam sofort und öffnete. Zugleich trat Richard in den Korridor.

Er lachte: »Woher kommst du, um diese Zeit? Ich wollte eben schlafen gehen ...«

»Jetzt, um zehn?«, fragte Hardy, »ich ging zufällig hier unten vorbei und sah oben Licht. Zufällig trat auch eine junge Dame ins Haus ...«

Sie waren beide in sein Arbeitszimmer getreten. Die Tür zum Schlafzimmer stand offen, da lag ein Frackhemd über einem Stuhl, ein Chapeau claque stand auf einem Tisch, ein Schrank daneben war sperrweit offen.

»Du wolltest also eben ausgehen?«, fragte Hardy und lachte.

»Ja, das wollte ich ... aber wirklich nur aus Langeweile ... da du mir Gesellschaft leisten willst, kann ich ebenso gut auch dableiben.« Richard schien ganz nach seiner Überzeugung zu sprechen. Er bot seinem Freunde eine Zigarre an, der Diener brachte ihnen Whisky und entfernte sich dann.

»Wie kommt es, dass du um diese Zeit noch allein spazieren gehst?«, fragte Richard nach einer Weile.

»Ich habe mich mit meiner Frau gezankt«, erwiderte

Hardy, »oder eigentlich habe ich mich nicht mit ihr gezankt ...«

»Was war denn?«

»Sie war mir auf einmal unausstehlich, und da hatte ich das Bedürfnis, wegzugehen. Kannst du das begreifen?« Hardy sah seinen Freund bei dieser Frage fast provozierend an.

»Mir scheint, dass ihr beide etwas nervös seid ...«, antwortete Richard.

»Glaubst du, dass diese Nervosität einen Grund haben könnte?«, fragte Hardy wieder in einem fast bedrängenden Ton.

»Das kann ich nicht wissen ... misstraust du ihr vielleicht?« Hardy empfand diese Frage wie eine Verwegenheit. Cecile und Richard schienen beide dasselbe Prinzip zu haben, ihn auszuhorchen, um über seine Haltung im Klaren zu sein.

»Mir ist, als ob ich Recht dazu hätte«, entgegnete er. Richard wich seinem Blick aus und schenkte seinem Freunde ein Trinkglas halb voll Whisky ein. »Ach Gott«, meinte er, »bei den Weibern täuscht man sich leicht. Leute, die allen Grund dazu hätten, sind oft nicht im geringsten eifersüchtig, während ein anderer die beste Seele von Weib bis aufs Blut peinigt ...«

»Da magst du recht haben«, antwortete Hardy nachdenklich.

»Hast du morgen oder übermorgen für mich Zeit?«, fragte Richard plötzlich und unvermittelt. »Ich glaube, ich muss wieder eine Kur machen. Ich habe Nervenschmerzen ...«

»Du kannst für die Injektionen, wenn du willst, nachmittags in die Klinik kommen«, erklärte Hardy ruhig. Und doch war in ihm in diesem Moment ein seltsamer, fast beängstigender Gedanke aufgestiegen. Der andere hatte offenbar keine Ahnung, wie er sich in diesen Dingen in seine Gewalt begab. Er konnte ihm ja ebenso gut statt eines Präparates gegen Spirochäten irgendeine ganz seltsame Flüssigkeit injizieren. Die Idee stieg Hardy wie eine leise Begeisterung in den Kopf. Er merkte erst daran, wie groß eigentlich der Hass war, der in ihm gegen Richard wühlte.

Richard hatte sich zurückgelehnt und qualmte ruhig eine Zigarette.

»Hast du in Ceciles Betragen nie etwas bemerkt, das dir auffiel?«, begann Hardy wieder in einem ganz unheimlichen Eigensinn.

»In welchem Sinne meinst du?« Richards Blick war offen, aber doch sehr unruhig.

»Ich meine, dass sie einen Geliebten haben könnte ...«, sagte Hardy leichthin, fast ohne Nachdruck.

»Wie kann ich das wissen, lieber Freund?«, lachte Richard, »ich würde es nicht einmal wagen, über deine Frau in diesem Sinne auch nur eine Meinung haben zu wollen ...«

»Würdest du die Umstände zu riskant finden?« Hardys Stimme tönte etwas schmerzlich ironisch.

»Nein, das durchaus nicht ... ich habe nur den Standpunkt, dass man die Frauen seiner Freunde gegen derartige Beschuldigungen in Schutz nimmt. Findest du das nicht richtig?«

»Gewiss, wenn ich nun aber selbst auf jemand eifersüchtig bin ... Du würdest vielleicht lachen, wenn ich dir den Herrn nennen würde ...« Hardy hatte sich mit einem Ausdruck vorgebeugt, dass es Richard nun doch bange wurde. Er lag mit gekreuzten Beinen im Stuhl und lächelte etwas hilflos und schief. »Um wen handelt es sich, wenn ich dich fragen darf?«

»Um dich, guter Freund«, antwortete Hardy leise und etwas monoton.

»Du spaßest ...«, gab der andere zurück.

»Macht man solche Späße?«, fragte Hardy verwundert.

»Vielleicht doch«, lachte jetzt Richard auf, »es werden vielleicht noch unmöglichere Dinge behauptet.«

»Das kann schon sein«, gab Hardy zu, »aber ...« er stockte. »Du würdest dich vielleicht doch wundern, mit welcher Ruhe und Objektivität ich diese Dinge betrachte ...«

»Wie meinst du das?«, fragte Richard beklommen.

»Eine Frage ...«, hob Hardy wieder an ... »Würdest du Cecile heiraten, wenn ich sie dir frei gäbe - einfach dir abträte und mich scheiden ließe? ...«

Richard starrte dem anderen verblüfft ins Gesicht. Hardy dachte: Jetzt wird er in die Falle gehen ... jetzt wird er ein Wort sagen, das ihn verraten muss. Er zitterte fast vor Beklemmung, vor Aufregung.

Aber Richard hatte sich schon gefasst. »Ich habe, wie du dir leicht denken kannst, diese Möglichkeit nie erwogen.« Seine Stimme klang in einem leisen Spott.

Sein Auge blickte offen und heiter.

»Du bist ein großer Komödiant«, sagte Hardy. Er fühlte, wie ihm der andere, der für eine Sekunde lang schwach geworden, wieder entglitten war.

Richard ging auf sein letztes Wort gar nicht ein, sondern äußerte teilnahmsvoll: »Du bist überarbeitet, du solltest dich ausruhen ...

»Warum?«

»Was du da eben äußertest, ist doch ein direktes Zeichen von Hypochondrie.« Richard sprach jetzt sehr überlegen. Er schien den Vorteil, der augenblicklich für ihn in der Situation lag, nach Möglichkeit ausnützen zu wollen.

Hardy schüttelte nur den Kopf: »Nein, es ist keine Hypochondrie ...«

»Es sieht doch kein Mensch ohne Grund so schwarz, wenn er nicht nervös überreizt ist«, behauptete Richard dagegen.

»Du unterschätzest den Ernst der Situation«, sagte Hardy etwas reserviert, »aber es hat vielleicht keinen Sinn, wenn wir darüber reden. Es hat überhaupt nie einen Sinn, wenn man über solche Dinge spricht ...«

Er war aufgestanden.

»Willst du schon gehen?« fragte Richard.

»Ich muss noch in die Klinik«, antwortete Hardy. Er war jetzt plötzlich wieder ganz ruhig, normal geworden. Herzlich gab er Richard die Hand, »also, du meldest dich dann vielleicht vorher für die Injektionen an. Um zwölf Uhr kannst du mir jeden Tag telephonieren. Gute Nacht!«

Als Hardy unten war, schämte er sich. Ein unerträgliches Gefühl der Unsicherheit quälte ihn. Die beiden spielten einfach mit ihm. Sie waren ihm in ihrer Ruhe durchaus überlegen. Sie machten sich vielleicht über ihn lustig, wie man sich über einen Hahnrei lustig macht. Es war ja natürlich auch unsinnig gewesen, das von der Scheidung zu sagen. Langsam und wie ein Träumender schritt er in die Nacht hinein.

Entsetzlich und schwer lag es auf ihm. Statt in die Klinik entschloss er sich, nach Hause zu gehen. Als er die Korridortür öffnete, hörte er, wie die Telefonklingel tönte. Cecile trat eben in den Salon zurück. Er hatte spontan die Idee, dass Richard telefoniert hätte.

Cecile saß wieder am selben Platz, als er eintrat. »Du bist noch auf?«, fragte er. »Ja ...«, antwortete sie etwas gereizt. »Findest du das ungehörig?«

»Im Gegenteil«, er ließ sich in der Ecke in den Stuhl nieder. Er hatte ein unbestimmtes Gefühl, als ob es jetzt zu einer großen Auseinandersetzung kommen müsste. Er wartete, sprach eine Weile lang kein Wort.

»Wer hat eben telefoniert?«, fragte er darauf. Sie zuckte nur mit den Achseln.

»Er - natürlich«, dachte er und lachte hämisch. Das schien sie in furchtbare Wut zu versetzen. Sie wurde merkbar unruhig. Ihre Schultern gingen wie bei heftigem Atem auf und nieder. Hardy tat es plötzlich unsäglich wohl, sie zu kränken. »Gestehe es nur ein«, spöttelte er, »er hat dich schon über meinen Besuch informiert ... nicht wahr? Du bist also über alles unterrichtet ...«

Sie stand auf, holte aus einem Etui eine Zigarette und fing an zu rauchen. Hardy empfand, wie sie ihm so ihre Verachtung ausdrücken wollte. Er fühlte, wie der Zorn in ihm kochte, aber nicht ein Zorn, der nach außen hin nach Entladung drängte, eher eine Erregung, die wie ein bohrender Schmerz im Körper wühlte.

»Ich habe ihm gesagt, dass er dich haben kann, wenn er will«, sagte Hardy und machte dazu eine fast galante Handbewegung, »ich trete dich ihm ab ...«, fügte er hinzu und nickte mit einem leisen, hämischen Spott.

»Da würdest du allerdings die Situation nur wenig ändern ...«, versetzte Cecile und war kreidebleich. »Du gestehst also alles ein?«, fragte er aufmerksam und lauernd.

»Ja, diesmal alles«, wiederholte sie. Er sah, wie ihre Hände, ihr ganzer Oberkörper zitterte, wie sie vor Wut fast ohnmächtig wurde.

»Das hab' ich ja nur wissen wollen ...«, antwortete er etwas nachdenklich und müde, »glaube ja nicht, dass ich auf Richard den geringsten Zorn habe. Durchaus nicht. Ich werde ihn nicht fordern, werde mich nicht mit ihm schießen, sondern dir nur anheimstellen, vielleicht nächstens auf eine größere Reise zu gehen. Du kannst ja vorausfahren, oder wenn du es für praktischer hältst, kann er in Paris oder Genua oder wo du Lust hast, auf dich warten. Wenn ihr dann zurückkommt, wird es sich von selbst ergeben, dass du dein Domizil in der Kaulbachstraße nimmst. So geht alles ruhig vonstatten, ohne Drama, was gewiss auch in deinem Wunsche liegt ...«

Hardy brach ab. Er hatte zuletzt schier den Atem verloren. »Bist du einverstanden?«, fragte er, als sie stumm blieb.

»Ich bedaure nur ...«, sagte sie mühsam, »dass du das Komische nicht empfindest, das für dich in dieser Sache liegt ...«

»Nein«, antwortete er höflich, »es kränkt dich, dass ich dich nicht einmal eines Kampfes wert erachte ... aber ich kann mich beim besten Willen nicht dazu entschließen ...«

»Im Grund genommen finde ich deinen plötzlichen Zorn doch sehr seltsam«, hob Cecile wieder an, und sah auf ihre schlanken, weißen Hände nieder, die nun in ihrem Schoß lagen.

»Wie meinst du das?«

»Ich dachte, dass du über alles schon längst orientiert seiest, dass du aber dein Schicksal akzeptiert hattest ...«

»Was für ein Schicksal?«

»Betrogen zu werden. Es soll Männer geben, denen ein solcher Zustand keine besonderen Schmerzen macht ...«, erklärte sie und ihre Augen hatten dabei einen wunderlich stechenden Glanz.

»Dafür war ich doch wohl nicht alt genug«, wandte er ein, ohne aber seine Ruhe zu verlieren.

»Ich bin ein Jahr vor unserer Verheiratung Richards Geliebte geworden ...«, sagte sie mit aufreizendem und doch etwas hilflosem Lächeln.

»Warum hast du denn nicht ihn geheiratet?«, fragte er heiser und ein leises Frösteln rieselte ihm über die Haut.

»Es gibt Männer, deren Geliebte man ist, und andere, die man heiratet. Mir schien, dass du eher zur zweiten Art gehörtest ...«

»Zu denen, die betrogen werden ...«

»Vielleicht ... ärgerst du dich über Richard jetzt immer noch nicht?«

Hardy hielt den Atem an über dem Hassgefühl, das in ihrer Frage lag: »Nein, Richard bleibt mir nach wie vor ein lieber Freund ...«, antwortete er gelassen, »während sich dein Bild - ich muss dir gestehen - in den letzten Minuten etwas verändert hat ... Ich hätte deinem Charakter entschieden diese Komplikationen nicht zugetraut.«

»Du wirst noch dazu kommen, mir zu gratulieren?«, fragte sie, wie sie mit verzweifelter Anstrengung auf seinen Ton einzugehen suchte.

»Das wäre etwas übertrieben«, wandte er ein, »wenn man auch das Grandiose deiner Verschlagenheit anerkennen muss ...«

»Nicht wahr?«, fragte sie, und plötzlich standen ihr die Tränen in den Augen. Sie brach ganz zusammen und schluchzte mit entsetzlichem, erwürgendem Aufstöhnen.

Er trat auf sie zu, stützte sie leise, führte sie zum Diwan, bettete sie in die Kissen und stellte sich dann ans Fenster. Eine Weile lang war er ganz betäubt. Er wusste genau, dass sie jetzt nur aus Wut weinte, nur aus dem Zorn, weil sie ihn nicht in Rage hatte bringen können. Es war ihm ganz natürlich, dass sie ihn hasste, dass sie ihn verabscheute um seines Spottes willen, aber ein Gedanke lag ihm wie Feuer in den Nerven: »Richard ... Richard!«

»Ein Jahr vor meiner Verheiratung ...«, dachte er. Sein Gehirn konstatierte es, wie ein lähmendes Fieber kroch es ihm in die Glieder ... », ein Jahr vor meiner Verheiratung ...«, klang es ihm wieder ins Ohr. Er erfasste es immer noch nicht. Wie eine furchtbare, unerhörte Grausamkeit erschien es ihm. Cecile hatte damit fast nichts zu schaffen. Aber er ... er ... Richard hatte ihm seine Geliebte aufgehalst.

Cecile hatte jetzt die Augen geschlossen. Sie schien zu schlafen. Auch er war plötzlich so todmüde, dass ihm die Lider zufielen. Leise ging er hinaus und schloss sorgsam die Tür und legte sich zu Bett.

Nach einer Stunde erwachte er und drehte die Stehlampe auf. Er fühlte sofort, dass er zu dem Ereignis noch keine größere Distanz gewonnen hatte. Dann kam es ihm plötzlich wie etwas Selbstverständliches, Natürliches vor, dass ihn die beiden während fünf Jahren betrogen hatten. Seine Haltung war ja auch wirklich zu lächerlich gewesen.

Er sah die beiden wieder an jenem Augustabend im Wald sitzen. Jedes an einen Baum gelehnt. Dann alles, was nachher kam.

Darin hatte sie gewiss recht. Er war mit seinem Vertrauen zum Hahnrei geboren gewesen. Dass die beiden ihn aber so düpiert hatten, erschien ihm jetzt doch wie eine furchtbare, unerhörte Grausamkeit. Er konnte nicht anders, als auf Rache zu sinnen. Dann kam plötzlich wieder Hoffnung über ihn. Ceciles ganze Haltung kam ihm ganz irrsinnig vor und alles, was sie gesprochen, nur eine Ausgeburt ihrer Phantasie und ihres ohnmächtigen Zornes.

Sie hatte ihn kränken, im wundesten Teil seines Wesens treffen wollen. Lange sann er. Es war seltsam still im Zimmer. Aus der Ferne hörte er zwei Schläge einer Kirchenuhr. Aber was er auch zur Erklärung ihres Zustandes aussinnen mochte, zuletzt wusste er, dass sie die Wahrheit gesprochen hatte.

Eine namenlose Qual begann in ihm zu wühlen, es kam ihm vor, als ob sie schon getrennt seien, aber er konnte sich trotz allem diese Trennung nicht vorstellen. Ja, er hatte sie, wie er im Recht war, vor die Tür gestellt. Wenn sie nun aber ging? Was dann?

War er stark genug, sie zu entbehren …? Wie eine atemlose Angst rann es ihm über den Körper … Wenn er, trotzdem sie ihn betrogen, verspottet, aufs Blut gequält, wenn er doch nicht die Kraft hätte, sie zu vermissen. Was musste da für ein Höllenleben beginnen? Er war ihr völlig ausgeliefert. Sie würde natürlich ihre Situation ausnützen. Sie würde ihn demütigen, dass er zum Himmel schreien musste …

Aber wenn das alles gar nicht käme und sie wirklich fortwollte …? Ob sie fortging oder dablieb, das Leben wurde ein Elend … etwas ganz Undenkbares. Und wenn er jetzt ganz aufrichtig sein wollte, ganz aufrichtig … dann fraß trotz allem noch eine Leidenschaft zu ihr an seinem Fleische wie eine lähmende Krankheit.

Das Telefon klingelte. Er nahm das Hörrohr vom Nachttisch. Man rief ihn wieder in die Klinik.

Fast war er dem Schicksal dankbar für diese Wendung.

Er hatte am ganzen kommenden Morgen zu tun. Als er mittags nach Hause kam, erwartete ihn Cecile zum Essen wie früher. Sie sprachen zusammen, als ob kaum etwas vorgefallen wäre. Richard telefonierte gleich darauf, ob er in die Klinik kommen sollte. Hardy beschied ihn in aller Freundschaft auf den folgenden Tag. Er hatte heute zu operieren.

Cecile schien über seine Haltung doch verblüfft zu sein. Er empfand deutlich, wie ihr selbst die Szene vom vorigen Abend als unwahrscheinlich vorkam. Aber die Spannung zwischen ihnen lag dennoch in der Luft. Er überlegte sich fortwährend, was sie nun tun würde. Cecile aber verhielt sich ruhig. Sie saß ihm gegenüber, war etwas blass, ihre sensiblen Nasenflügel vibrierten hie und da leise wie über einer gewissen nicht zu bändigenden Nervosität.

Sie redeten fortwährend von unbedeutenden Dingen, als ob sie Angst hätten, zu einem Entscheid zu kommen.

Hardy verbrachte den Nachmittag im Spital, und kam erst nach Hause, als Cecile sich bereits in den Salon zurückgezogen hatte. Während des Essens hörte er sie eine Etüde von Chopin spielen. Er wähnte sie in der besten Stimmung ...

Wie er aber hinüberkam, sagte sie ihm leichthin,

ohne besondere Erregung: »Du hast mir gestern nahegelegt, dein Haus zu verlassen, ich nehme deinen Vorschlag an ...«

Er stand wie erstarrt still und rührte sich nicht. Nach einer Weile sagte er, und jedes Wort war für ihn eine Marter der Demütigung: »Du willst es also wirklich tun?«

»Aber gewiss«, sagte sie etwas erstaunt, dass er an ihrem Worte zweifeln könnte.

Da drehte er sich um und ging hinaus. Er schritt in sein Arbeitszimmer hinüber und ging ganz gedankenlos immer zwischen der Tür und dem Schreibtisch hin und her. Er machte diese Distanz wohl hundertmal, ohne dass er zu irgendeinem Gedanken kam.

Die beiden wollten jetzt zusammenkommen, das war ihm klar. Der ganze Vorgang, der ihm gestern noch als ein unerhörter Betrug vorgekommen war, erschien ihm nun in seinem Verlauf viel natürlicher. Richard hatte Cecile vor ihm gekannt, sie war seine Geliebte geworden. Vielleicht hatten sie aber nicht die mindeste Lust gehabt, sich zu heiraten. Das war ja möglich. Vielleicht hatten sich gerade in jener Zeit, da er aufgetaucht war und mit großem Ungestüm um sie geworben hatte, die Beziehungen zwischen den beiden etwas gelockert gehabt. So etwas kam ja vor. Vielleicht waren sie nachher auch ganz völlig getrennt gewesen, bis sie später die Liaison wieder aufnahmen. Richard musste bei seiner Verheiratung durchaus nicht den Willen gehabt haben, ihm seine Geliebte zuzuschieben.

Hardy stand plötzlich still. Er fragte sich allen

Ernstes, ob er Cecile, selbst wenn er gewusst, dass Richard vorher ihr Geliebter gewesen war, nicht doch geheiratet hätte. Was ging ihn schließlich ihr Vorleben an. Sie war ihm jedenfalls keine Rechenschaft schuldig ...

Aber trotzdem dies alles logisch ganz richtig und klar war, tat es doch entsetzlich weh, grub es sich ihm wie ein unerträglicher, stechender Schmerz in die Brust, und plötzlich lohte wieder eine ganz grenzenlose, wahnwitzige Wut in ihm auf. Aber er konnte nicht schreien vor Zorn, wie er es gewünscht und wie es ihm vielleicht wohlgetan hätte. Er ging nur wie von einem gefährlichen und drohenden Fieber besessen immer hin und her.

Er kam vielleicht doch noch dazu, alles zu verhindern. Er lächelte etwas müde und schlief und fast irr, als er spät zu Bett ging.

Richard kam am folgenden Nachmittag in die Klinik, das hielt er fest. Da musste sich irgendetwas, das er noch gar nicht genau kannte, entscheiden. Es war ihm wie eine Beruhigung, und er schlief ein.

Den kommenden Morgen verbrachte er zu Hause. Er wurde für ihn zu einer Marter, weil Cecile mit aller Ruhe die Anstalten zu ihrer Reise traf. Hardy hörte sie Befehle erteilen, Koffer wurden nach ihrem Schlafzimmer geschleppt.

Hardy hielt sich in dumpfem, verzweifeltem Nachsinnen in seinem Arbeitszimmer auf. Er kam allmählich in einen ganz absonderlichen Zustand. Je mehr die Minuten vorrückten, um so weniger sah er die

Möglichkeit ein, sich von ihr zu trennen. Es war ihm jetzt plötzlich, als ob alles darauf ankäme, dies zu verhindern.

Richard hatte um halb vier in die Klinik zu kommen. Er hatte ihm eine Injektion zu machen. Richard hatte nachher ein paar Stunden ruhig zu liegen. Wieder tauchte der Gedanke auf, der am Abend, während er vor Richard in seiner Wohnung stand, durch sein Gehirn gegangen war. Wieder konstatierte er trotz der Fieberhaftigkeit seines Zustandes, dass jener sich im Augenblick dieser Injektion ganz in seiner Gewalt befand.

War dieser Augenblick nicht auszunützen? Vielleicht auf eine ganz unheimliche und grässliche, aber durchaus nötige Weise auszunützen?

Es war kaum zwölf, als er aus einem Schranke, in dem er verschiedene pharmakologische Produkte aufbewahrt hatte, ein kleines Tongefäß nahm, das eine trockene, schwarzbraune spröde Masse enthielt. Er nahm davon eine Messerspitze voll und brachte sie in ein Probierglas, gefüllt mit gekochtem und destilliertem Wasser.

Die schwarzbraune Masse löste sich auf. Hardy füllte die Flüssigkeit in ein Flakon ab. Es war jetzt eine merkwürdige Sicherheit über ihn gekommen. Er sagte, dass er nicht zu Hause frühstücken werde und ging auf die Straße. Es war ein warmer, etwas trüber Maitag. Hardy erinnerte sich plötzlich, dass in einer Nebenstraße am Bahnhof ein Hundezüchter eine Art von Auslage hatte, wo kleine Schoßhunde und Dackel, jedenfalls Hunde von einigem Rassewert, zum Kauf ausgeboten wurden.

Hardy nahm einen Wagen, fuhr hin und kaufte sich einen kleinen kurzhaarigen Dackel, den er in seine Wohnung schicken ließ. Dann ging er in ein sehr gutes aber wenig besuchtes Restaurant zum Frühstück. Er konnte sich jetzt wirklich in aller Muße mit seinem Plan beschäftigen.

Langsam ging er nachher nach Hause.

Als er in den Korridor trat, hörte er den Hund in der Küche bellen. Die Köchin hielt ihn auf dem Schoß und ließ ihn aus einer Untertasse Milch lappen. Das Tier schien sich dabei sehr gut zu befinden.

Wie Cecile in diesem Augenblick den Korridor durchquerte, dachte er plötzlich, dass sie die Anwesenheit des kleinen Tieres vielleicht als eine Provokation empfinden könnte. Denn Cecile hatte Hunde nie geliebt. Er wollte sich bei ihr entschuldigen. Ihr irgendeine Erklärung geben. Aber schließlich gab er es doch auf.

Er trug das kleine Biest in sein Arbeitszimmer und setzte es auf den Boden. Er sah auf die Uhr. Es ging auf halb drei. Er zündete sich eine Zigarre an, setzte sich in einen Stuhl und beobachtete das kleine Tier, während es im Zimmer herumlief, an den Möbeln schnupperte und sich dann an die Tür setzte. In der Küche hatte es ihm offenbar besser gefallen. Hardy schaute zu dem Kleinen hinüber, der den Kopf drehte, ihn mit glänzenden Augen ansah, und ihn ermuntern wollte, die Tür zu öffnen.

Hardy hatte jetzt doch etwas Mitleid mit dem Hund. Aber es war keine Zeit zu verlieren. Er nahm den Kleinen auf und setzte ihn in die Mitte des Zimmers auf den Teppich. Dann holte er eine Morphiumspritze, sog sie voll mit der Flüssigkeit, die er in das Flakon abgefüllt hatte und spritzte sie dem Hunde unter die Haut.

Der Dackel war ein paar Augenblicke lang ganz betäubt, zitterte nervös, legte sich dann auf den Bauch und streckte die Beine von sich. So lag er eine Weile keuchend, versuchte, wieder aufzustehen, sich zu drehen. Es gelang nicht mehr.

Hardy kniete vor ihm nieder und beobachtete die Atmung. Sie wurde schon unregelmäßig, das Herz klopfte hastig, aber nicht intensiv. Der Blutdruck war schon gesunken. Wie er das Vorderbein berührte, war es schlapp und schon völlig gelähmt. Jetzt begannen die Bewegungen des Zwerchfells auszusetzen.

Nur die Augen des Hundes blieben klar, starrten in fieberhaftem grellem Glanze. Eine furchtbare, hilflose Angst leuchtete aus ihnen.

Wie eine seltsame Rührung kam es plötzlich über Hardy. Er streichelt dem Tier den Rücken, so zärtlich und weich, wie er kaum in seinem Leben je ein Wesen berührt hatte. Unter seinen Händen fühlte er, wie die Rückenmuskeln schon alle schlaff waren. Auf einmal konnte er es nicht mehr mit ansehen. Ein unheimlicher Jammer packte ihn. Er trat ans Fenster.

Als er sich nach einer Weile umdrehte, war der Hund tot.

Hardy steckte das Flakon und die Spritze ein, ließ das tote Tier auf dem Teppich liegen und schloss dann die Tür ab. Im Korridor blieb er einen Moment stehen. »Wo ist die gnädige Frau?«, fragte er. »Sie ruht sich eben aus«, antwortete die Zofe. Er war enttäuscht, ohne zu wissen warum. Es schien ihm, als ob er ihr noch irgendetwas hätte sagen müssen, oder, als ob ein Wort von ihr ihm jetzt sehr nötig gewesen wäre.

Langsam stieg er die Treppe hinunter. Seine Klinik lag im Westen der Stadt, in der Nähe eines kleinen Parks. Auf der Hinfahrt empfand er immer mehr, wie unsicher, unentschlossen er war, und doch wusste er deutlich, dass etwas Unheimliches bevorstand. Hardy war in einer merkwürdigen Art von Willensverfassung. Bei sehr wichtigen Entscheidungen ließ er sich zu aller Letzt nicht mehr direkt von Überlegungen leiten, sondern von der Tatsache, ob er den Vorgang klar und deutlich sah, bis ins minutiöseste Detail. Von diesem Moment an wurde er auch für ihn möglich. So sah er jetzt Richard ganz deutlich tot im Bett liegen. Er hatte den Kopf etwas zur Seite geneigt und den Mund halb offen. Auf den Lippen trug er einen bläulichen Schimmer. Das sah er jetzt wie etwas Beklemmendes und Quälendes. Aber er sah es.

Wie er zu dieser Vision kam, darüber konnte er sich weniger Rechenschaft geben. Ob er um jeden Preis verhüten musste, dass die beiden zusammen kamen? Ob er ihren Körper ihm nicht lassen konnte ... Hardy atmete mühsam, jetzt wurde es ihm deutlicher. Er musste verhindern, dass es noch einmal zwischen ihnen geschah ... denn, wenn er das nicht verhindern könnte - er stierte ganz entgeistert zum Coupéfenster hinaus - dann wäre ihm das Leben von jenem Augenblick an derart zum Erbrechen kläglich, dass er sich zur selben Stunde hängen müsste.

Er konnte sich Richard nicht mehr in der Umarmung mit Cecile vorstellen - aber er konnte sich vorstellen, dass er tot im Bett lag.

Soweit war er, als das Automobil vor der Klinik anhielt. Im Bureau traf er den ersten Assistenten. Richard war noch nicht da. Hardy ließ sich vom Assistenten die Lösungen für die Injektion bereiten.

Er legte Wert darauf, dass der Assistent die Präparate selbst in das Zimmer Nummer einundzwanzig im Gartenflügel brachte. Es war eine Art von Privatbureau Hardys, das aber sonst durchaus als Krankenzimmer eingerichtet war.

Hardy schritt neben dem Assistenten her, der ihm durch die Gänge vorausging. Der andere breitete die Flakons und Schalen und Instrumente auf dem kleinen Operationstisch neben dem Bett aus. Dann war er allein. Er wartete nicht ohne Herzklopfen. Es war ja auch möglich, dass Richard gar nicht kam oder in diesem Augenblick ein Rendezvous mit Cecile hatte.

Er trat ans Fenster und starrte in den Garten. Da lag eine Dame auf einer Chaiselongue in der Sonne. Ihre Kammerzofe saß neben ihr und las ihr aus einer Zeitung vor. Er hatte diese Frau in der letzten Woche operiert. Es war ein ganz interessanter Fall von einseitiger Ovariotomie gewesen.

Jetzt kamen Tritte auf dem Korridor. Eine Krankenschwester öffnete die Tür. Richard trat ein. Hardy drehte sich nach ihm um. Er kam ihm mager und blass vor: »Wie geht's?«, fragte er. »Nicht glänzend«, antwortete Richard und lachte. »Ich habe verfluchte Rückenschmerzen ...«

»Na ja«, sagte Hardy und zuckte mit den Achseln. Er dachte: »Er hätte ja sowieso nur noch zehn Jahre hin bis zur Paralyse.« »Ist alles bereit?«, fragte Richard. Er stellte seine kleine Handtasche auf einen Stuhl und nahm ein braunseidenes Kimono heraus. Dann begann er sich auszuziehen.

Hardy hatte sich in einen Stuhl gesetzt und sah ihm zu. Zugleich schaute er auf das Tablett, wo jetzt neben dem Morphiumflakon das Fläschchen mit dem gelösten Gifte stand.

Während er sich entkleidete, sagte Richard: »Glaubst du, dass ich mich bis übermorgen soweit erholt habe, dass ich eine kleine Reise machen kann?« »Er fährt ihr also nach«, überlegte Hardy. Er sagte: »Ich glaube schon.«

In seinem Sessel zurückgelehnt, starrte er vor sich hin. Es war ihm, als ob ein hypnotisches Licht über seinem Gehirn strahlte, das ihm immer mehr die eine und einzige Idee gab. Er dachte wieder: »Es kann ein Freund seinem Freunde, während sie sich umarmen und während beide lächeln, einen nadelfeinen Dolch ins Herz stoßen, und er kann gute Gründe dafür haben ...« Das war schließlich alles unendlich traurig, aber es war kaum zu ändern.

Und dennoch lag doch alles noch ganz im Ungewissen. Wenn Richard nach der ersten Injektion, die direkt in die Vene zu machen war, nicht wieder diese würgenden Schmerzen verspürte, dann war kein Grund vorhanden, diesen Schmerz durch Morphium abzudämpfen. Dann war überhaupt keine Veranlassung zu einem weiteren Eingriff da. Hardy kam es vor, als ob jener unter diesen Umständen durchaus gerettet wäre. »Aber diese ganze Folgerung ist doch nur ein Sophismus« - dachte er sich ganz klar; denn Richard empfand nun einmal diese Schmerzen. Das war vielleicht individuell, aber es war so.

Richard hatte sich ins Bett gelegt, und Hardy stand am Waschtisch, um sich die Hände zu desinfizieren. Darauf legte Richard das linke Bein bloß. Hardy machte wie gewohnt in eine Wadenvene einen leichten Schnitt und entzog dem Körper etwas Blut. Dafür injizierte er das gelöste Präparat.

Es war alles in zwei Minuten geschehen.

Richard schaute wie gewohnt dieser kleinen Operation mit Aufmerksamkeit zu. Er war in medizinischen Dingen durchaus nicht unbewandert. Jetzt legte er sich zurück. Hardy beobachtete ihn aufmerksam. Richard wurde unruhig. Er bekam ein krampfhaftes Würgen im Bein. Ein stechender Schmerz trat hinzu. Richard war von Natur außergewöhnlich sensibel. Er war überhaupt wenig disponiert, Schmerzen zu ertragen. Jetzt kam, was Hardy erwartet hatte. Er bat um eine Morphiuminjektion.

»Ich halte das nicht für nötig«, erklärte Hardy, der

wieder am Fenster stand. Er sprach ruhig, trotz seiner Erregung. »Aber wenn ich dich darum bitte«, sagte der andere.

»Du weißt nicht, wie gefährlich Morphium in dieser Kombination werden kann«, entgegnete Hardy, ohne sich umzudrehen. Er wusste genau, dass er etwas ganz Haltloses gesprochen hatte. »Ich würde das nur mit deiner vollständigen Verantwortung tun«, fuhr er fort. »Aber du hast doch dieselbe Injektion auch schon gemacht«, äußerte der Freund.

Da schaute ihn Hardy an: »Ich glaube einfach, dass es für dich jetzt sehr gefährlich wäre …« Er dachte, der andere müsste jetzt etwas merken. Es reizte ihn, Richard auf das Drohende vorzubereiten. Und zugleich war es ihm eine Wohltat, einen leisen Widerstand zu leisten. Er schien so die Verantwortung etwas von sich abzuwälzen. Zugleich dachte er, wie töricht das war. Konnte er denn die Verantwortung dessen, was er jetzt vorhatte, auf den anderen schieben? Konnte man die Verantwortung für einen Mord dem Opfer zuwenden?

Aber Richard beharrte darauf, wälzte sich im Bett, schien zu leiden. Hardy wusste zwar ganz genau, dass dieser Schmerz eher nervös als wirklich war.

»Du willst also wirklich?«, fragte er. Es war ihm, als ob er gefragt hätte: »Du willst also wirklich sterben?«

»Ja«, sagte der andere ungeduldig. Da sog Hardy aus dem Flakon die silberne Spritze voll. Er war selbst erstaunt, wie leicht ihm jetzt zumute war. Während er die Spritze gegen das Licht hielt, war es ihm auch wirklich, als ob sie eher Morphium enthielte. Er dachte:

»Es gibt Handlungen, die einen das Leben kosten können, und man tut sie sehr leicht ... Warum?« Er hatte es schließlich auch nicht nötig, sich selbst darüber eine Aufklärung zu geben.

Dann stand er überhaupt zum Tod in einer vertrauteren Beziehung als viele andere Menschen. Schon mancher war ihm während einer Operation unter dem Messer gestorben, vielleicht auch unter Umständen, die ganz in einer Zufälligkeit seiner Hand gelegen hatten. Wenn er jetzt durch diese Handlung seinem persönlichen Schicksal eine besondere Wendung gab, tat er es jedenfalls, weil er es für notwendig hielt.

Er näherte sich Richard. Und jetzt flimmerte es ihm ganz seltsam und traumhaft vor den Augen. Er sah plötzlich Cecile in ihrem Salon sitzen und Richard stand hinter ihr. Sie drehte den Kopf nach ihm um, und er küsste sie auf den Mund, den sie ihm entgegenhielt.

In diesem Augenblick stach er ihm die Nadel ganz leicht ins Fleisch. Es schien ihm fast wissenschaftlich interessant. Er hatte noch nie Gelegenheit gehabt, einem Menschen ein halbes Gramm des Rindensaftes von Strychnos toxifera unter die Haut zu spritzen. Darin war es gewiss ein seltener Fall.

Er atmete auf, schaute Richard in die Augen. Es war ihm, als ob er es, wenn er ihm vorher in die Augen gesehen, kaum getan hätte. So lag alles fast an einem Zufall. Seltsam, dass er jetzt gegen Richard keinen Hass empfand. Es war wirklich kein Rachegefühl gewesen, sondern einfach das Bewusstsein, dass alles so sein und so kommen musste.

Wenn er jetzt genau nachdachte, war er wirklich fast geneigt, die Verantwortung durchaus abzulehnen. Einem ganz dumpfen Drange zuzuschieben, der in seinen Nerven lag, und der ihm dies alles einfach als nötig dargetan hatte.

Richard ruhte jetzt still und hielt die Lider geschlossen. Hardy dachte ganz wissenschaftlich: »Jetzt muss die Lähmung im linken Bein beginnen.« Er stellte sich wieder ans Fenster. Die Dame unter den Bäumen ließ sich eben vom Wärter in ihrem Liegestuhl in die Halle fahren.

»Du ...«, sagte Richard plötzlich. »Was ist?«, fragte Hardy. Aber der andere gab keine Antwort. Hardy hatte den Eindruck, als ob jener ganz klar die Sensationen in seinem Körper kontrollierte. Er betrachtete ihn aufmerksam. Richard lag mit nackten Armen da und hatte sich ganz in das braunseidene Kimono gerollt.

»Du ...«, sagte er jetzt wieder, »mir ist, als ob mein linkes Bein einschliefe ...«

»Das ist nur eine Betäubung der Nerven«, erklärte Hardy, »es wird rasch vorübergehen.«

»Hoffentlich«, fügte Richard hinzu. Aber seine Stimme klang etwas ängstlich. Er tastete sich mit der linken Hand das Bein ab. Es schien ihn sehr zu beunruhigen. »Von welcher Konzentration ist dein Morphium?«, fragte er ängstlich.

»Hab' keine Sorge, normale Lösung«, antwortete

Hardy. Es zog ihm jetzt doch eine schwere, drückende Bangigkeit durch die Brust. Es schien ihm, als ob er es ganz ahnungslos vollbracht hätte. Wenn es nun möglich wäre, würde er es gern ungeschehen machen. Das war gewiss. Aber Rettung war jetzt nicht mehr möglich. Kein Gegengift dieser Erde war fähig, die Lähmung aufzuhalten.

»Mir ist, als spürte ich ... du ...« Richard hatte die Augen angstvoll aufgerissen. »Du ...«, stammelte er, »ich kann mein Bein nicht mehr bewegen.«

Hardy kam näher: »Das musste eine apoplektische Erscheinung sein, was ja ganz ausgeschlossen ist ...« Seine Worte tönten bestimmt, streng, sachlich. Es war, als ob Richard daraus Mut schöpfte. Hardy massierte sorgsam das schon gelähmte Bein. In einer Minute vielleicht griff es auf das andere über. Von da stieg die Wirkung im Körper auf. Hardy schüttelte den Kopf: »Seltsam ...«, sagte er. Es wurde ihm etwas schwindlig. Er bemühte sich, den Fall als ein ganz medizinisches Phänomen anzusehen, er wollte aus seinem Gehirn ausschalten, dass da etwas Entsetzliches geschah, an dem er die Schuld trug.

»Hab' Geduld«, stammelte er leise, »es ist nur eine augenblickliche funktionelle Störung, es kann ja nicht sein ...« Richard empfand, wie der andere litt. Das mehrte seine Angst, aber das Mitgefühl tat ihm wohl: »Jetzt ist es auch im anderen Bein«, konstatierte er entsetzt. »Kannst du nichts dagegen tun ... Um Himmels willen, gibt es denn nichts dagegen?«

Hardy war es jetzt, als ob er hinausgehen müsste, als ob er das Furchtbare, das sich da wie eine entsetzliche, erwürgende Schlange aufbäumte, als ob er es nicht mehr mit ansehen könnte.

Die Lähmung ging nun schon in den Unterleib über. Plötzlich sank Richard zurück: »Mir ist, als ob ich sterben müsste ...«, kam es von seinen Lippen. Er hatte seinen Blick, der groß und erstarrt war, nach Hardy gerichtet. Dieser hielt wie in einem Zustand der Betäubung den Kopf gesenkt: »Nein, nein ...«, stöhnte er. Aber das beruhigte Richard nicht. Hardy sah aus wie einer, der keinen Ausweg mehr weiß.

»Willst du nicht den ersten Assistenten rufen«, flehte Richard. »Aber Lieber«, stöhnte Hardy, »wie soll er dir besser helfen können als ich ... glaubst du nicht, dass ich dir mit allen menschenmöglichen Mitteln helfen will. Zweifelst du daran?«, schrie er auf. »Nein, ich zweifle nicht ...«, jammerte der andere, »aber ...«

Hardy war fieberhaft um ihn bemüht, aber er konnte immer nur tasten, fühlen, wie die Muskeln unter seinen Händen weich und schlaff wurden: »Es muss vom Rückenmark kommen, die Nervenbahnen müssen einer vorübergehenden Lähmung verfallen sein ...«

»Aber Lieber«, protestierte Richard, »wenn es von den Nerven aus käme, fühlte ich doch meine Glieder nicht mehr. Aber ich empfinde deine Hände ganz normal ... es kann nur eine Muskellähmung sein, das ist ja wahnsinnig ...«

Hardy schloss die Augen und setzte sich erschöpft

ans Bett. »Er ist von einer grausamen Intelligenz«, ging es durch sein Gehirn. Mit beiden Händen hielt er die Stuhllehne. Seine Hände zitterten.

»Ich habe auch furchtbares Herzklopfen ...«, sagte Richard. »Mein Kopf ist ganz leer und hohl ...«

»Der Blutdruck ist etwas gesunken«, sagte Hardy mechanisch. Es konnte jetzt, sobald die Wirkung auf den ganzen Körper bis in die Herzgegend aufgestiegen war, nur noch Minuten dauern. Vielleicht schlief er auch schon vorher ein, wenn das Gift auf die Großhirnrinde wirkte.

»Und dies alles von dieser Injektion?«, stammelte Richard. »Gott im Himmel, ich sterbe ... ich sehe das kommen so klar ... aber warum sterbe ich ...«

Hardy saß gebeugt neben ihm am Bett. Er hatte nicht den Mut, eine Antwort zu geben. Es war ihm, als hätte er eine grauenhafte Kraft nötig ... aber er hatte sie nicht ... Jetzt begann der andere mühsam zu keuchen. Die Paralyse trat allmählich auf das Zwerchfell über.

»Ich leide entsetzlich«, jammerte er, »gib mir Gift, schieß mir eine Kugel ins Gehirn, es ist unerträglich ... unerträglich ...« Er lag jetzt ganz zusammengesunken, da schrie er plötzlich: »Was hast du mir injiziert ...?«

Hardy zuckte wie unter einem Peitschenhieb. Richard musste den Ruck empfunden haben. Er starrte ihn entgeistert an. Hardy fühlte ganz genau, wie seine fiebrigen, glänzenden Pupillen starr auf ihn gerichtet waren. Er hätte jetzt den Rest seines eigenen Lebens dafür gegeben, wenn er seine Lider heben und diesen furchtbaren Blick hätte aushalten können. Aber er vermochte es nicht! Er vermochte es nicht!

Da sagte der andere ganz deutlich und klar: »Wenn du mich getötet hättest?«, er brach ab. Hardy krampfte sich die Brust zusammen. Er nahm, ohne ihn anzusehen, die Hand des anderen. Sie war feucht und heiß. Er drückte sie, als könnte er damit ein großes, ein unendliches Gefühl geben. Eine Weile hörte er nur das Keuchen und Röcheln des Sterbenden.

Da hob Richard wieder an: »Ja, ich habe dich betrogen, aber es dauerte doch schon Jahre ... es hatte doch für dich keine Bedeutung mehr.«

Da beugte sich Hardy über den anderen und küsste ihn auf sein Gesicht. Er fühlte einen Herzkrampf, als ob er umsinken müsste. Wenn er dieses Wort vorher gesprochen hätte ... er starb unschuldig ... trotz allem unschuldig.

Richard hatte nun die Augen geschlossen ... da war es plötzlich, als ob der Atem aufhörte ... das Zwerchfell stand still. Hardy griff nach dem Puls ... er lebte noch ... aber die Halsmuskeln traten jetzt, als ob sie Atmung vollführen müssten, in dicken Wülsten heraus. Dann hörte auch das auf.

Hardy legte ihm die Hand aufs Herz. Das Herz klopfte weiter. Hardy rann der Angstschweiß über die Stirn. Er zog die Hand zurück. Er stand auf, stand wohl eine Minute lang wie erstarrt. Er griff wieder nach dem Herzen. Es klopfte immer noch ... da ging er langsam, schwankend in die andere Ecke des Zimmers. Griff mit beiden Händen nach der Wand, lehnte sich daran wie ein Ohnmächtiger. Es war, als ob das ganze Zimmer vom Schlage dieses Herzens dröhnte. So stand er lange. Er getraute sich nicht zurück. Wie eine entsetzliche Kälte lag ihm die Angst im Körper.

Dann brach er in einen Stuhl zusammen. Er mochte wohl eine Stunde lang so gelegen haben. Da klopfte es an die Tür. Der erste Assistent trat ein. Hardy hatte nur die Kraft, auf das Bett zu deuten.

Der Assistent riss die Augen auf: »Tot?« Hardy nickte. Er fühlte, wie ihm jetzt unaufhaltsam die Tränen über das Gesicht rannen.

Der Assistent fragte: »Plötzliche Apoplexie?« Hardy nickte. »Es war ja auch ein alter, luetischer Fall«, sagte der Assistent.

Der Assistent war hinausgegangen. Hardy öffnete das Fenster. Er war jetzt auch fest überzeugt, dass es ein apoplektischer Anfall gewesen sei. Er fühlte, wie ihm wieder schwindlig wurde. Er nahm das Flakon mit dem Gift und die Tasche.

Der Assistent kam wieder. Er zeigte keine besondere Ergriffenheit. Er war gewohnt, Menschen sterben zu sehen. Man kam zumeist in Hardys Klinik bei unmöglichen, verzweifelten Fällen. »Soll ich die Scheine ausfüllen?«, fragte er.

»Ja«, antwortete Hardy, »es muss sofort Anzeige gemacht werden. Unterzeichnen Sie alles.«

Der Assistent ging wieder weg.

Hardy stand vor dem Bett. Richard sah im Tod seltsam jung aus. Sein Gesicht erschien viel schmaler, nur die paar Falten um die Augen zeigten das Alter. Unter seinem kleinen, kurzgeschnittenen Schnurrbart wölbte sich sein Mund, diese schmalen Lippen, die jetzt schmerzlich verzerrt waren, und die sonst so scharmante Dinge hatten sagen können. Hardy hatte seine Hände übereinandergelegt und starrte ihn an. Er empfand keine Furcht, aber im Herzen die dumpfe trübe Qual trostloser Verlassenheit.

Auf der Heimfahrt erst trat ihm das Grauenhafte und Groteske der Handlung wieder ins Bewusstsein. Er musste es jetzt Cecile sagen. Er wusste im voraus, dass der Augenblick furchtbar sein würde.

Die Uhr ging auf sieben. Cecile war ausgefahren. Er setzte sich in den Salon auf den Diwan. Er war todmüde. Es tat ihm jetzt unendlich wohl, sich zurückzulehnen und mit geschlossenen Augen zu dämmern. Seltsamerweise sah er gar keine Gesichter, keine einzige Vision des Nachmittags. Seine Nerven waren zu müde.

Er musste dann eingeschlafen sein. Plötzlich fuhr er auf. Cecile stand vor ihm mitten im Zimmer. Sie trug ein blaues Sommerkleid und einen kleinen Hut.

Hardy starrte sie entgeistert an. Sie musste irgendetwas Fremdes in seinem Gesicht gelesen haben, denn sie fragte abrupt: »Was ist?«

Da sagte er und zog dabei den Kopf etwas in die Schultern: »Richard ist tot ...«

»Wie?«, sagte sie scharf und kurz.

»Er ist vor einer Stunde in der Klinik gestorben«, sagte Hardy. Sie schaute ihn nur eine Sekunde lang mit einem forschenden Blick an, zuckte dann mit den Achseln, als ob sie von allem gar nichts verstünde, als ob sie die Worte wohl gehört, aber gar nicht begriffen hätte. Dann wollte sie etwas reden, öffnete den Mund, schloss ihn wieder, ging rückwärts nach einem Stuhl, setzte sich hinein. Plötzlich aber fiel ihr der Kopf hintenüber. Ihr ganzer Körper knickte ein.

Hardy stand auf, rief der Zofe. Sie brachten die Ohnmächtige zu Bett. Hardy blieb bei ihr sitzen und machte ihr Kompressen. Nach einer Viertelstunde wachte sie wieder auf. Sie sprach aber kein Wort, sah an Hardy vorbei und war dabei ganz leichenblass.

Er empfand, dass er sie störte und ging in sein Arbeitszimmer hinüber. Wie er auf die Klinke drückte, merkte er, dass die Tür verschlossen war. Er erschrak. Dann erinnerte er sich sofort, dass er selbst geschlossen hatte. Im Zimmer war noch das helle Licht des Vorsommerabends. Mitten auf dem Teppich lag der tote Hund. Hardy war erst ratlos, was er mit dem Tiere anfangen sollte. Dann beschloss er, es liegen zu lassen und es in der Nacht einfach hinunter in den Garten zu werfen.

Er legte sich auf den Diwan. Wie eine Erstarrung lag es ihm in den Gliedern. Er ahnte jetzt auch, dass er Cecile nicht mehr liebte. Dass alles umsonst gewesen war. Vielleicht hatte auch das Gefühl seiner Freundschaft zu Richard im tiefsten Grund seiner Seele viel stärker gelebt als die Leidenschaft für seine Frau. Diese furchtbaren Stunden, die er durchlitten, waren ihm wie zu einer Prüfung geworden.

Er dachte sich jetzt, dass Cecile drüben im Zimmer im Bett lag und litt. Aber er hatte keine Lust und keinen Drang, zu ihr hinüberzugehen. Er hatte kein Bedürfnis, sie zu trösten. Sie war etwas ganz Nebensächliches geworden neben dem Gefühl für Richard.

Hardy wurde jetzt immer mehr von der reinen Empfindung des Schmerzes ergriffen. Die Idee des Verbrechens und seine Verfolgung beschäftigten ihn nicht.

Dass ihm Richard gestorben war, das war das Furchtbare. Dass er selbst ihn getötet hatte, erschien ihm fast wie ein Zufall des Schicksals.

Die ganze letzte Zeit stand vor ihm in einer grotesken spukhaften Verzerrung. Er hatte das Gefühl der Eifersucht für Leidenschaft gehalten. Darin lag die ganz grässliche Täuschung. Jetzt, da der Mensch, um dessentwillen er gelitten hatte, nicht mehr da war, war auch das andere erloschen. Er glaubte, für Cecile nichts, gar nichts mehr zu empfinden.

Wie viele Menschen machten solche Stadien durch, überlegte er sich. Aber die hatten dann nicht diese verteufelte Leichtigkeit, zu handeln. Wenn er nicht diese Möglichkeit gehabt hätte, diese fast spielerische, halb unbewusste Leichtigkeit, eine silberne Spritze vor den Augen des anderen statt in ein Flakon in ein anderes zu tauchen, hätte er es dann vollbracht? Trug Richard nicht selbst daran schuld, weil er gerade seine Kur in dieser Krisis machen wollte? Aber das waren ja schließlich alles keine Entschuldigungen. Nur das eine war erschreckend: wie aus ganz kleinen Zufällen furchtbare Dinge entstehen konnten.

Und wie entsetzlich es war, dass er es im letzten Augenblick noch geahnt hatte. Wie eine furchtbare Helligkeit war es plötzlich in sein Gehirn gekommen. Und was hatte er da noch gesagt? Dass das wirklich für ihn - Hardy - keine Bedeutung gehabt hätte, es hätte ja schon so lange gedauert ... Hardy dachte jetzt selbst an eine Beziehung, die er in jüngeren Jahren zu einer verheirateten Frau gehabt hatte, deren Mann er oft gesehen und gesprochen, und der sogar im Laufe der Zeit sein Freund geworden war. Er hatte den Mann sogar außerordentlich geschätzt. Die Frau, die er zuerst leidenschaftlich geliebt, war ihm allmählich gleichgültig geworden. Aber das Verhältnis hatte dann so weitergedauert, nur aus Gewohnheit, und weil er vielleicht bei seiner großen Arbeitslast nicht Zeit gehabt hatte sich eine andere Geliebte zu suchen. Jahrelang hatte er so diesen Menschen betrogen, ohne ihm etwas Böses zufügen zu wollen, ohne sich dabei etwas Besonderes oder Abseitiges zu denken.

Das hatte Richard vielleicht sagen wollen. Hardy erschien es als ganz irrsinnig, dass er es sich nicht selbst, aus seiner eigenen Erfahrung hatte denken können. Wie entsetzlich das doch alles war. Er richtete sich plötzlich auf. Er hatte beim Liegen das Flakon in der Tasche empfunden. Er stellte es in den kleinen Schrank zurück, aus dem er den kleinen Topf am Nachmittag genommen hatte. Es war ihm peinlich, dass er jetzt immer um den toten Hund herumgehen musste, aber es war noch zu hell. Er musste noch warten. Der Gärtner des Nachbarhauses würde ihn finden.

Schließlich war nichts Besonderes daran, dass an einem Morgen ein verendeter Hund in einem Garten lag.

Er ging hinüber, wo das Essen für ihn bereit stand. Als er die Kammerzofe nach Cecile fragte, sagte sie ihm, dass die gnädige Frau schlafe. Die Kleine hatte offenbar die Weisung bekommen, so zu antworten.

Er aß allein, aber ohne den mindesten Geschmack. Es war, als ob er über der Überanstrengung seiner Nerven alle Sensibilität verloren hätte. Dann begab er sich in sein Schlafzimmer. Er streckte sich auf den Diwan aus. Er hatte ein unendliches stupides Bedürfnis, zu schlafen.

Gegen zehn Uhr rief man ihn ans Telefon. Er dachte, es käme aus der Klinik. Es war aber sein Kollege Maur. Da Richard keine Verwandten am Ort hatte, war seine Wohnung sofort behördlich geschlossen worden. Aus der Suche nach einem Schriftstück, in dem vielleicht ein besonderer Wunsch hinsichtlich seines Ablebens enthalten wäre, war man auf ein Dokument gekommen, das, zehn Jahre zurückdatiert, das Verlangen äußerte, dass Professor Maur im Falle seines Tods die Autopsie vornehmen möchte. Richard hatte dieses Schreiben verfasst zu einer Zeit, als er sich von Maur, als einem Spezialisten für diese Krankheit, die ja auch jetzt der mittelbare Anlass seines Endes war, behandeln ließ.

Maur war nun von den Behörden sofort in Kenntnis gesetzt worden und ließ sich von Hardy am Telefon die nähern Umstände des Falles auseinandersetzen, worauf er sich anerbot, die Sektion am folgenden Morgen

vorzunehmen. Hardy erklärte sich damit einverstanden.
Von diesem Augenblick an überkam ihn die Angst.

Maur musste sofort einsehen, dass weder eine Gehirn- noch eine Rückenmarkblutung eingetreten war. Wenn er sich die Mühe nahm, den Körper daraufhin genau zu sezieren, musste er erstaunt, ja ratlos sein über das Fehlen jeglicher Symptome, die den Tod herbeigeführt haben konnten.

Das Gift selbst war nicht mehr nachzuweisen, da es die Eigenschaft hatte, sich im Körper sofort aufzulösen, da es im weiteren überhaupt kein Reagenzmittel auf dieses besondere Gift gab. Maur musste natürlich darauf kommen, dass das Ende durch Atemlähmung eingetreten war. Was aber diese Lähmung verursacht hatte, musste ihm durchaus mysteriös bleiben.

Sollte er Hardy misstrauen, so konnte er natürlich, da eben diese Symptome nur auf diese einzige Art von Gift zutrafen, den Schluss auf eine beabsichtigte Tötung durch Curare ziehen, falls er nicht der Annahme zuneigte, dass sich Richard in einem Augenblick neurasthenischer Depression die Injektion selbst gemacht hätte, wozu ihm vielleicht Hardy durch ein Versehen oder eine gewisse Sorglosigkeit die Mittel geboten hatte.

Jedenfalls war die Situation von diesem Moment an außerordentlich gefährlich. Hardy ging in sein Arbeitszimmer hinüber und öffnete das Fenster. Der Garten unten war ganz still. Auch die Fenster der untern Etage zeigten kein Licht. Er nahm das kleine tote Tier und schleuderte es in einem Bogen hinaus. Es fiel aber dennoch fast senkrecht, und Hardy hörte, wie der Kadaver ins Gesträuch fiel. Aber das war ja ganz gut so.

Dann nahm er ein Pulver und legte sich schlafen. Als er aufwachte, ging es gegen acht. Er stand auf und schickte sich zu einem Spaziergang an. Die im Hause sollten glauben, dass er wie gewöhnlich in die Klinik ginge. Aber er hatte schon jetzt den Eindruck, dass er sie nie mehr betreten würde. Es wäre ihm auch sehr unangenehm gewesen, Maur dort zu begegnen. Er fühlte sich unsicher, bedrückt. Zu Hause konnte er auch nicht bleiben. Dazu war er zu erregt. Ganz instinktiv schob er sich aber einen kleinen vernickelten, ziselierten Revolver in die Tasche.

Er rief nach einem Automobil und ließ sich eine Viertelstunde weit hinaus aufs Land fahren. Dort wollte er den Wagen warten lassen, indes er sich im Walde erging. Aber als er ins freie Feld kam, wurde die Nervosität in ihm noch größer. Er fuhr sofort zurück. Es war zehn Uhr vorbei, als er fast atemlos zu Hause ankam.

Maur hatte noch nichts von sich hören lassen. Nach einer halben Stunde ging er ans Telefon. Die Krankenschwester, die zufällig am Apparat war, teilte ihm mit, dass Maur schon seit einer Stunde weggegangen sei.

Das beunruhigte Hardy außerordentlich. Er dachte sich zwar auch, dass Maur vielleicht nur einen ganz äußerlichen Leichenbefund konstatiert hatte und daraufhin nach Hause gegangen war. Diese Überlegung erschien ihm aber doch nur als eine sehr vage Hoffnung.

Er ließ sich jetzt durch die Zofe bei Cecile anmelden. Sie ließ ihm sagen, dass sie sich unwohl fühle. So aß er nachher allein. Wie er aber nachher im Arbeitszimmer eine Zigarre rauchte, trat sie bei ihm ein.

Sie trug ein dunkles Kleid und blieb bei der Tür stehen, als ob sie verlegen sei. Er bot ihr einen Stuhl an. Sie ergriff aber nur die Lehne, wie um sich zu stützen. Sie sprach immer noch nicht.

Da sagte er: »Du willst wohl eine Aufklärung von mir haben?« Sie nickte: »Ja ...«

»Was denkst du dir?«, fragte er und sah sie an. Er war selbst erstaunt, wie groß und klar er sie anzusehen vermochte.

»Dass du ihn getötet hast ...«, antwortete sie tonlos.

»Ja, ich habe ihn getötet ... um deinetwillen getötet.« Hardy tat es merkwürdig wohl, dass er das sagen konnte.

Sie zuckte mit keiner Wimper: »Ich wusste es.« Sie drehte sich um und ging hinaus. Er dachte: »Vielleicht geht sie jetzt hin, um eine Anzeige zu machen.« Aber diese Anzeige wäre ihm fast gleichgültig gewesen.

Am Nachmittag hatte er eine Operation im Universitätsspital. Als er gegen Abend nach Hause kam, wusste er, dass es höchste Zeit war. Cecile lag in einer hochgradigen Hysterie auf dem Sofa des Salons. Sie gab auf keine Frage mehr Antwort. Die Dienstboten schienen sich scheu herumzudrücken.

Er hatte spontan den Eindruck, dass inzwischen schon die Untersuchung eingeleitet worden sei.

In einer halben Stunde hatte er gepackt. Nur einen gelben Handkoffer nahm er mit. Das kleine Tongefäß mit der schwarzbraunen, spröden Masse und das Flakon, das er vorher entleert hatte, sowie die Morphiumspritze steckte er ein. Vielleicht, damit man dies alles bei einer Hausuntersuchung nicht finden sollte. Vielleicht auch aus anderen Gründen. Da er den Anzug nicht gewechselt hatte, trug er den kleinen Revolver mit dem Elfenbeingriff immer noch in der Tasche.

Am Bahnhof hatte er das Glück, noch einen Schlafwagenplatz zu bekommen. Er setzte sich bis zum Abgang des Zuges in ein Café, aß Ham and eggs zum Nachtmahl und war in einer wirren, erregten Stimmung. Erst als er im Coupé war und die Tür hinter sich geschlossen hatte, atmete er auf.

Dann aber kam eine neue bange Frage, was er jetzt beginnen wollte. Er war sich auch gar nicht genau bewusst, warum er gerade diese kleine Stadt als Zufluchtsort gewählt hatte. Er wusste kaum einen Grund dafür. Er war auf der Durchreise zuweilen dagewesen, aber nie länger als einen Tag.

Im Übrigen hatte er das dumpfe Bewusstsein, dass es jetzt fast gleichgültig war, wohin er fuhr.

Während ihm diese Bilder wechselweise und doch mit unheimlicher Klarheit durch das Gehirn irrten, empfand er plötzlich wieder die furchtbare Müdigkeit, die ihn gestern den ganzen Tag nicht losgelassen hatte.

Er sah auf die Uhr. Es waren erst fünf Minuten vergangen, seit er aufgewacht war. Er hatte also fast noch zwei Stunden zu schlafen.

Als ihm der Kondukteur an die Tür klopfte, fuhr er auf und zog sich langsam an. Er besah sich im Spiegel. Er kam sich müde und alt vor. Sein mageres Gesicht erschien noch knochiger als sonst, die Augen waren tief eingesunken.

Er setzte sich auf den Rand der Couchette und rauchte nachdenklich eine Zigarette. Eines war sicher. Solange der Zug nicht im Bahnhof war, konnte ihm nichts geschehen. Aber das dauerte nur noch ein paar Minuten ...

Der Zug fuhr jetzt durch eine Vorstadt, dann kam ein Tunnel. Hardy fühlte nun die Erregung wie einen schmerzhaften Kitzel in der Magengegend. Er starrte auf den Lederkoffer, der zu seinen Füßen lag, und dachte: »Vielleicht steht doch einer am Bahnhof bereit, um mich zu erwarten.« Wie er sich in diesem Falle verhalten würde, wusste er nicht. Nun ging es über knarrende Weichen. Der Zug fuhr langsam in die Halle. Es ging auf sieben Uhr.

Hardy reichte sein Gepäck einem Träger zum Fenster hinaus. Es waren nur wenig Menschen auf dem Perron. Durchaus niemand, der ihm verdächtig erschienen wäre. Er schritt langsam hinter dem Träger her, kaufte sich am Kiosk ein paar Zeitungen, erinnerte sich noch vag eines Hotels, in dem er einst gewohnt hatte und das am See gelegen war. Er nahm am Ausgang einen offenen Wagen und fuhr davon.

Er fühlte sich jetzt wie geborgen. Je mehr er sich dem See näherte, um so klarer wurde die Luft. Es war ein warmer Junimorgen. Wie der Wagen über die Seebrücke fuhr, trieb ihm der Wind den Geruch von frischem Wasser entgegen.

Es war, als ob er plötzlich erwachte. Es entzückte ihn die Bucht des Sees, aus dem das Gelände in sanften Hügeln aufstieg. Aus dem Wasser blinkte die Morgensonne in einem matten, silbernen Glanz, in den da und dort grüne und tiefere blaue Töne hineinleuchteten. Er überließ sich, während er dem Quai entlang fuhr, diesem Eindruck, und es schien fast, als ob ihm darob wohler würde.

Er nahm ein Zimmer in der dritten Etage auf den See. Er sah so über die Bäume der Anlagen hinweg und konnte zugleich den Quai beobachten. Das schien ihm wichtig zu sein. Er badete sich, bestellte das Frühstück und legte sich dann zu Bett. Die Uhr ging jetzt auf acht. Als ihm der Zimmerkellner den Tee und die Sandwichs gebracht hatte, schloss er die Tür ab. Er aß langsam und mit wirklich mehr Lust als gestern. Dann nahm er die Zeitungen und sah sie durch. Er fand nichts über seinen Fall, las dagegen einen Artikel über wilde Völkerstämme in Nord-Formosa, was ihn sehr interessierte. Dann legte er die Hände vor sich auf die Decke und starrte gegen das Fenster. Die Jalousien waren heruntergelassen und es lag eine behagliche Dämmerung im Zimmer. Draußen schien die Sonne, und die Ritzen der Stores glänzten wie feine goldene Stäbe.

Hardy kam sich jetzt vor, als ob er Kriegsrat halten müsste. Sollte er inkognito hier bleiben oder seine Reise fortsetzen? Er dachte darüber nach, wie es sehr pittoresk sein könnte, in seiner Situation über Genf nach Südfrankreich zu fahren, alle diese kleinen Städte der Provence zu besuchen, die gewiss nicht ohne Reiz waren. Dann könnte er sich gegen die spanische Grenze wenden, noch tiefer nach dem Süden gehen, Nordafrika genießen ... bis er auf eine ganz selbstverständliche Art zu einem Ende käme.

Diese Idee schien Hardy gar nicht so aussichtslos zu sein. Er sah sich als Einsiedler in einem kleinen Hotel in Algier, würde französische Regiezigaretten rauchen und im Cinéma einmal wöchentlich die Ereignisse der großen Welt auf der weißen Leinwand betrachten. Mit Cecile hatten alle seine Gedanken gar nichts mehr zu tun. Auch dachte er keinen Augenblick an die Möglichkeit einer Rückkehr. Dumpf hatte er es in den Nerven, dass dies nun alles als etwas Unwiederbringliches hinter ihm lag.

Mit einer unheimlichen Klarheit des Gehirns betrachtete er diese Aussichten seiner Zukunft. Sie waren gewiss nicht mehr groß und auch nicht sehr verheißungsvoll. Aber er war ja jetzt auch in einem Alter, wo eine gewisse Resignation zu ertragen war. Was er gestern und vorgestern erlebt hatte, schien weit hinter ihm zu liegen. Es war ihm fast, als ob ihn in all dem ein ganz fremder, starker Wille geleitet hätte, und als ob er nur ein Instrument gewesen wäre, das etwas auszuführen hatte, was im Schicksal beschlossen lag.

Ja ... Cecile ... fünf Jahre hatte er mit ihr gelebt und war nicht zur Erkenntnis gekommen, dass diese Leidenschaft, von der er so ergriffen gewesen war, dass sie ihn zu erwürgen schien, ihn nur ganz peripher und oberflächlich gequält hatte. Cecile selbst erschien ihm jetzt als eine sehr ferne, in Nebel getauchte Gestalt. Als etwas sehr Gewöhnliches. Sie hatte ihn betrogen, wie so viele Frauen ihre Männer betrügen, sie hatte es vielleicht nicht einmal mit besonderer Passion getan, sondern einfach die alte Beziehung fortgesetzt.

Er konnte es sich fast nicht erklären, wie diese Frau ihn derart aufzuwühlen vermocht hatte. Warum hatte er ihr nicht lächelnd die Hand zum Abschied gereicht und etwa gesagt: »Liebes Kind, ich wünsche dir Glück usw.« Richard wäre vielleicht in diesem Augenblick sehr verlegen geworden und hätte sich als alter Junggeselle doch um die Heirat herumgedrückt. Sie wären dann vielleicht erst recht gute Freunde geworden bei dem Bewusstsein, wie wenig wichtig eigentlich diese ganze Geschichte war.

Das erschien jetzt Hardy als das Unheimlichste, wie aus etwas so Banalem, Alltäglichem etwas derart Furchtbares hatte entstehen können.

Als er aufstand, ging es gegen Mittag. Die Sonne lag auf dem See und Hardy beschloss, am Nachmittag eine Bootfahrt zu machen. Das würde ihm sicher ausgezeichnet bekommen. Er ließ sich das Frühstück im Zimmer servieren und stieg nachher in die Halle hinunter. Er befand sich jetzt ganz wohl. Er schaute in die Journale, die auf einem Tisch lagen, sah nach einer jungen Dame, die in einem bunten Sweater in einem Schaukelstuhl lag, und offensichtlich kein größeres Vergnügen kannte, als eine rhythmische balancierende Bewegung, die sie mit einem leichten Wippen ihres rechten Fußes verursachte.

Zufällig trat er auch an die Loge des Conciergen, wo an der Wand die Sportstelegramme und zugleich die Nachrichten der Agence Havas angeschlagen waren. Da las er - der Anschlag war mit zwölf Uhr mittags datiert -: »In M. ist in der Privatklinik des Professors H. ein bekannter hiesiger Sammler und Sportsmann plötzlich verschieden. Dieser Todesfall hat das größte Aufsehen verursacht und wird sogar mit der unvermittelten Abreise des bekannten Chirurgen in Zusammenhang gebracht. Wir geben mit allem Vorbehalt wieder, dass eine amtliche Untersuchung bereits eingeleitet ist und dass man sensationelle Überraschungen erwarten darf.«

Hardy kam es ganz selbstverständlich vor, dass diese Nachricht da an der Wand stand. So etwas Ähnliches hatte er erwartet. Er beschloss jetzt aber doch, keine Bootfahrt zu machen. Während er auf dem Quai dahinschritt, fragte er sich nicht ohne Neugier, wie man ihm wohl die Sache nachweisen wollte, wenn er jetzt mit dem nächsten Zug zurückführe. Chemisch war das Gift im Körper nicht mehr festzustellen. Das einzige Verfahren, das zu einem Resultat geführt hätte, wäre das faradische gewesen, und zwar während der Agonie, indem die Reizung von den Nerven aus nicht mehr möglich gewesen wäre; sondern nur durch direkte Einwirkung des elektrischen Stromes auf die Muskeln tetanische Zuckungen der Glieder hätten erzielt werden können. Aus diesem Umstand hätte man die Spur dieses einzigartigen Giftes gefunden. Aber das Verfahren war jetzt unausführbar.

Dass er das Gift besessen hatte, wäre nicht belastend gewesen, da er es früher schon in minimalen Dosen bei Starrkrampf anwendete. Zwar ohne viel Erfolg.

Einzig und wirklich belastend war die Aussage Ceciles. War vielleicht der Umstand, dass der tote Hund gefunden werden konnte, den die Dienerschaft als den von ihm am selben Morgen gekauften Dackel wiedererkennen würde. Allem Anschein nach musste Cecile doch gesprochen haben. Dass er es ihr aber hatte sagen müssen, das wurde von ihm auch jetzt noch als eine Nötigung empfunden. Er hatte es tun müssen, trotzdem er gegen sich gezeugt. Es war ihm wie eine Sühne für den Tod Richards vorgekommen. Er hatte gegen sich zeugen müssen, und zwar mit dem Bewusstsein all der möglichen Konsequenzen.

Hardy hatte sich auf eine Bank gesetzt. Er sah seitwärts am Geländer einen Menschen stehen, in einem dunklen Anzug und einem schwarzen Filzhut. Es schien ihm, als ob ihn dieses Individuum beobachtete. Es war sehr gut möglich, dass es ein Beamter der Kriminalpolizei war. Vielleicht hatte er nur den Verhaftsbefehl noch nicht in der Tasche. Wer wusste, ob diese Order nicht noch im Laufe des Spätnachmittags eintreffen konnte.

Hardy stand jetzt auf und ging langsam nach dem Hotel zurück. Als er sich umdrehte, kam der Mensch hinter ihm her, aber es war ihm nicht klar, ob seine Vermutung nicht doch nur zufällig sein konnte. Während des Schreitens erwog er die Idee einer plötzlichen Abreise, verwarf sie aber sofort. Wollte er es riskieren, dass dieses Individuum oder irgendein anderes ihm im Augenblick, da er in das Kupee steigen wollte, sanft die Hand auf den Arm legte, als ob es sich nur um eine ganz nebensächliche Unterredung handle. Was wollte er dann tun, indes ihn der andere zu dem nächsten Polizeibureau führte und ihm in aller Ruhe seine Identitätspapiere abforderte?

Könnte er sich auf der Straße eine Kugel ins Gehirn schießen? Er hätte sich wirklich im Tod noch geschämt, auf einem Bahnhofplatz vor Lohnkutschern und Chauffeuren und kleinen Mädchen, die vielleicht zufällig da vorbei zur Schule gingen, eine solche Szene aufzuführen. Nein, dem allen musste entschieden vorgebeugt werden, auf solche Zufälligkeiten konnte man es nicht ankommen lassen.

Als er ins Hotel zurückkam, schien ihn auch der Concierge mit sonderbaren Augen anzusehen. Hardy ging auf ihn zu und fragte ihn fast provokant, ob nicht ein Brief für ihn da wäre. »Wie ist Ihr Name?«, fragte der andere.

»Kämmerer ...«, sagte Hardy. »... Nummer vierundzwanzig ...« - »Nein«, sagte der Concierge, der es auswendig zu wissen schien. Er lächelte dazu ein wenig schief.

»Natürlich ...«, dachte Hardy, »der ist auch schon informiert ...« Er stieg langsam die Treppe hinauf, in der zweiten Etage aber begann er eilig zu steigen, als ob ihm jemand auf den Fersen wäre, und er atmete erst wieder auf, als er die Zimmertür hinter sich geschlossen hatte.

Erschöpft sank er auf einen Stuhl. Unwillkürlich horchte er auf die Geräusche im Gang. Es konnte jetzt jeden Augenblick passieren, dass jemand an die Tür klopfte und im Namen des Gesetzes Einlass verlangte.

Er trat ans Fenster, starrte hinunter. Da schien derselbe Mensch wieder am Geländer zu stehen. Er war zwar nicht deutlich zu erkennen. Jedenfalls aber trug er denselben schwarzen Hut.

Es war jetzt kaum Angst, was in Hardy aufstieg, vielleicht eine grässliche, unbändige Wut, dass er so in die Hände der anderen gegeben war, der Willkür des Zufalls ausgeliefert, dass er schon jetzt im Augenblick, wo ihn noch niemand hinderte, zu gehen und zu stehen, wo er wollte, dass er schon jetzt völlig seine Freiheit verloren hatte. Er wagte es wirklich nicht mehr, in die Straße hinunterzugehen. Nur die geschlossene Tür gab ihm wenigstens noch so viel Schutz, dass er Zeit für das Allerletzte hatte. Dass aber das plötzlich so nahe, so beklemmend nahe gerückt war, gab ihm doch ein sonderbar schmerzliches Staunen ins Herz.

Aber seine Phantasie suchte nach der Möglichkeit des Todes. Er sah sich jetzt wirklich eher dort ganz regungslos und kalt im Stuhl sitzen als eine Nacht in einem Polizeigefängnis, mit all den Perspektiven, die nachher zu erwarten waren.

Er wusste jetzt auch zugleich, dass er einen schwereren Tod haben werde als Richard, der seinem Ende bis fast zuletzt ganz ahnungslos entgegengegangen war. Sonderbar auch, dass er sich eigentlich nie innerlich von Richard getrennt gefühlt hatte. Hatte er ihn gehasst? Kaum ... oder vielleicht doch?

Auch an Cecile dachte er nun sehr versöhnlich. Sogar, wenn sie ihn verraten hatte, war sie zu entschuldigen. Sie hatte sich wohl vom momentanen Hass leiten lassen. Sicher hatte sie Richard viel leidenschaftlicher geliebt als er sie. Hardys Rache wäre viel grausamer gewesen, wenn er ihr den Geliebten gelassen hätte, damit sie die Katastrophe ihrer Liebe hätte erleben müssen. So aber war Richard für sie zum Märtyrer geworden, unauslöschlich durch die Ekstasen des Schmerzes in ihr Herz eingegraben.

Hardy rückte einen Fauteuil ans Fenster. Es saß sich behaglich darin. Aber mit all diesen Überlegungen ging es nicht weiter.

Ein großes Gefühl des Ekels überkam ihn. Vor sich, vor der Welt, vor dem ganzen Zustand, in dem er jetzt gefangen war. Er fand keinen Ausweg, so sehr er einen solchen suchte. Er fühlte sich auch sehr matt. Eine tiefe Müdigkeit hatte sein Gehirn umfangen. Was jetzt noch kommen konnte, war entweder hässlich und grausam, ein erregender Prozess, vielleicht Verurteilung, oder dann eine dumpfe, aussichtslose Existenz.

Er hatte für dies alles keinen Mut und keine Lust mehr. Instinktiv ersehnte er, dass es mit ihm zu Ende ginge.

Da sah er plötzlich wieder Cecile. So wie er sie zum ersten Mal erblickt hatte. Er war bei Freunden gewesen, die draußen an der Isar wohnten. Von den Fenstern sah man auf eine Brücke. Dahinter waren Anlagen. Er hatte sie dort ganz zufällig getroffen. Es wurde musiziert, aber es war langweilig. Sie hatten sich zusammen in eine Ecke gesetzt. Soviel er sich jetzt erinnerte, war Richard in jener Zeit wieder von München fortgewesen. Trotzdem Hardy schon von der jungen Dame gehört hatte, die Musik studierte, war er ihr früher nie begegnet. Sie war über ihn offenbar viel besser informiert.

An jenem Abend hatte er sie im Auto nach ihrer Wohnung gefahren. Er hatte dies Zusammensein zunächst wirklich nur als sehr angenehm empfunden. Es regnete in jener Nacht. Der Baron F., ein Vetter des Gastgebers, war auch noch mit im Wagen. Man musste ihn in der Galeriestraße absetzen.

Cecile führte einen kleinen Haushalt mit einer Köchin und einer Zofe. Acht Tage später war er bei ihr mit denselben Freunden zum Lunch eingeladen. Man aß vortrefflich und war sehr vergnügt. Er musste sich aber bald verabschieden, da er im Spital zu tun hatte. Sie begleitete ihn hinaus und er küsste ihr die Hand. Er war etwas übermütig. Es war eigentlich nicht die Hand, die er küsste, sondern das Gelenk, fast der Arm ... Cecile lachte ganz vergnügt.

Da war ihm, als ob sich da etwas bilden müsste.

Hardy erinnerte sich jetzt daran mit außerordentlicher Klarheit. Ceciles Wohnung lag auf einem stillen Platz. Sie hatte fünf Zimmer in der Front und zwei nach dem Garten. Eines nach dem Garten hatte auch eine Veranda, von der aus man nach dem Lenbachplatz sah. Dort machten sie eines Sonntagnachmittags fotografische Aufnahmen. Es war Mitte Mai. Genau sechs Jahre waren es her.

Er kam öfter allein zu ihr. Sie sang ihm oft vor, was ihn zwar enttäuschte. Ihre Stimme war an sich ganz gut, aber es fehlte ihr an Talent. Sie war nicht im besonderen Sinne musikalisch. Eines Abends telefonierte er. Sie war ausgegangen. Es war schon Anfang Juni. In diesem Moment fühlte er, wie er eifersüchtig war, wie ein entsetzlich schmerzliches Gefühl des Verlangens nach ihr in ihm auflohte.

Von da an liebte er sie. Unbändig, ungestüm. Der geringste Widerstand vermochte ihn in Raserei zu versetzen. Aber sie gab nicht nach. Er musste anerkennen, dass sie sehr klug sei ... Er sah auch bald ein, dass sie nicht zu Abenteuern geneigt war.

Da hielt er um ihre Hand an. Sie lachte ihn aus. Bat um Bedenkzeit bis zum Herbst. Er war jetzt fast täglich bei ihr. Telefonierte zwischen zwei Operationen. Sein Nervenzustand wurde durchaus unhaltbar. Aber er war trotz allem außerordentlich glücklich.

Schlimmer, ganz unerträglich, wurde sein Zustand im Sommer. Cecile war mit ihrer Kammerfrau allein nach Scheveningen gefahren und hatte ihm durchaus verboten, ihr zu folgen. Er stand damals Martern der Eifersucht aus. Im übrigen wäre es ihm auch gar nicht möglich gewesen, bei ihr zu sein, denn er hatte Mitte

August an einem Kongress in Wien teilzunehmen. Aber er war bis im September so mürbe geworden, dass sie jetzt alles über ihn hätte beschließen können. Einen Willen hatte er fast gar nicht mehr.

Im Dezember hatten sie geheiratet und waren über Weihnachten an die Riviera gefahren.

Wo Richard während all der Zeit gesteckt hatte, war Hardy jetzt gar nicht mehr klar. Er hatte damals wahrscheinlich keine Gelegenheit gehabt, sich mit ihm zu beschäftigen. Jedenfalls konnte er sich nur daran erinnern, dass er an der Hochzeit einen sehr amüsanten Toast gesprochen hatte.

Wie komisch, grotesk ihm diese Zusammenhänge heute vorkamen.

Nachher hatte er sehr glücklich gelebt, wenn er auch, wie nach einem großen Sturme, ruhiger geworden war. Er hatte vielleicht überhaupt nicht das Talent gehabt, sich andauernd mit einer Frau zu beschäftigen. Richard verstand das besser.

Er fuhr plötzlich zusammen. Er hörte Tritte im Korridor. Jemand klopfte an die Tür. Hardy war aufgesprungen. Sein ganzer Körper zitterte. Er fuhr mit der Rechten in die Tasche, griff nach dem kleinen Revolver. Jetzt drückte jemand auf die Schnalle.

Hardy dachte jetzt nur an das eine: »Sie werden die Tür aufsprengen müssen, und bis dahin ...« Er horchte atemlos. Ein Schlüssel wurde ins Schloss gesteckt, konnte aber nicht eindringen, weil von innen der Schlüssel steckte.

Darauf entfernten sich die Tritte.

Hardy setzte sich wieder in den Stuhl. Es war vielleicht der Zimmerkellner gewesen, der ihn derart aufgeschreckt hatte. Aber er empfand jetzt eine starke Migräne. Dieser Ruck in den Nerven war doch ganz entsetzlich gewesen.

Er dämmerte in trüben Gedanken vor sich hin. Dieses ganze Zimmer kam ihm unheimlich, gespensterhaft vor.

Dann sah er wieder Cecile auf einem Maskenball bei Freunden. Sie hatte an diesem Abend so schöne nackte Schultern gehabt ... ›nackte Schultern‹, träumte er weiter ... darin hatte vielleicht das ganze Geheimnis gelegen. Aber er sah sie jetzt wieder ganz deutlich.

Und plötzlich, ganz unvermittelt, kam ihm das Allegretto der siebenten Sinfonie Beethovens in den Sinn. Das Motiv fiel ihm wie vom Himmel ... ja, so mochte es sein, mit leichter Bewegung im Zweivierteltakt und dabei abgründig traurig ... abgründig faszinierend ...

Er stand auf, nahm aus dem Lederkoffer das kleine Tongefäß mit der spröden, dunkeln Masse. Nahm ein Glas mit Trinkwasser und brachte eine gute Messerspitze voll hinein. Rührte das Pulver mit der Messerklinge auf.

»Komisch«, dachte er, »ich könnte jetzt das alles trinken, und es würde mir gar nichts schaden ...«

Dann suchte er die silberne Spritze.

Einen kleinen Spiegel stellte er auf das Fenstersims. Er wollte bis zum letzten Moment sein Gesicht beobachten.

Dann sog er die Spritze voll, zog sich das Beinkleid hoch, löste den Strumpf und das Unterbeinkleid und suchte den Wadenmuskel. Mit großem Ernst machte er die Injektion. Dann schüttelte er den Inhalt des Glases auf den Boden, das Tongefäß und die Spritze warf er aufs Geratewohl zum Fenster hinaus in die Baumkronen.

Er ordnete jetzt wieder seine Kleider, während er die Lähmung in den Beinmuskeln aufsteigen fühlte. Er legte sich ganz in den Stuhl zurück und betrachtete sich dabei im Spiegel. Er war gar nicht erstaunt, wie eingefallen er aussah. Er wendete den Blick nach rechts. Da war der blaue Himmel und jenseits des Sees eine Höhe, von Tannen überwachsen. Er wusste aus der Erinnerung, dass dort oben ein Hotel stand.

Er versuchte jetzt, den rechten Fuß zu bewegen. Aber es war seltsam: Trotzdem er genau das Bewusstsein hatte, dass die Nerven des Beines den Willen zur Bewegung hatten, blieb der Fuß still.

Er fühlte jetzt überhaupt, wie es im Körper aufstieg.

Vor zwei Tagen, fast um dieselbe Zeit, war Richard gestorben. Seltsam, dass er schon damals ganz dumpf gewusst hatte, dass er selbst bald ein ähnliches Schicksal haben würde. Er hatte seinen Freund mit Willen und Absicht getötet, und er war sich doch nicht als das vorgekommen, was man so gemeinhin einen Mörder nannte. Nein, damit wollte er nichts zu tun haben ... Es war etwas ganz anderes für ihn gewesen, etwas, wofür er keinen Namen fand.

»Zwei nackte Schultern«, irrte es wieder durch sein

Gehirn. Der Gedanke tat ihm wohl. Hatte er sie denn nicht doch unendlich geliebt?

Jetzt empfand er die Lähmung schon im Unterleib. Es war doch unheimlich, diese Stille, die von unten herauf mit furchtbarer Sicherheit in den Körper kam. Noch ein paar Augenblicke mochte es dauern. Er legte die Hände übereinander wie in einer unendlichen Geborgenheit.

Nun mochten sie alle kommen und an der Tür schnallen und klopfen. Er kicherte etwas hämisch und schnitt ein Gesicht dabei voll pikanter Ironie. Es schien ihm, als hätte er die Kriminalpolizei auf eine ganz glänzend geistreiche Art düpiert.

Da riss er plötzlich die Augen auf, tastete mit den Händen am Körper ... er starrte in den Spiegel ... ein Würgen kam in den Hals ... noch sah er sich deutlich ... ganz deutlich ... seine Augen wie zwei Punkte ... wie einen fernen Punkt, und dann wurde alles ganz weiß ...

Der Kopf sank ein, er schnappte nach Luft ... hörte noch wie in einem schmerzhaften Takt den Herzschlag, der ihm in den Schläfen zitterte ...

Der Zimmerkellner fand ihn am anderen Morgen. Er lag eingeknickt im Stuhl am offenen Fenster. Sein geistreiches, verwittertes Gesicht zeigte einen müden und zugleich fast zufriedenen Zug. Da die Nacht etwas kühl gewesen war, hatte sich Reif in seinen grauen Spitzbart gesetzt.